ポール・ケイン/著
木村二郎/訳

七つの裏切り
Seven Slayers

JN118467

扶桑社ミステリー
1630

SEVEN SLAYERS
by Paul Cain
1946

七つの裏切り

目次

名前はブラック 7
〝71〟クラブ 35
パーラー・トリック 93
ワン、ツー、スリー 111
青の殺人 149
鳩の血 219
パイナップルが爆発 273
〈解説〉ハードボイルド小説ファンが死ぬまでに読んでおくべき一冊 木村仁良 333

名前はブラック
Black

その男が言った。「マッケアリー」

「人違いだ」おれは首を横に振り、男を押しのけようとしたが、男はまた「マッケアリー」とだみ声で言ってから、ぬれた歩道にどさっと倒れ込んだ。

そこは暗く、通りにはほかに誰もいなかった。おれは立ち去ることもできた。立ち去りかけたが、人のよい自分の性格には逆らえず、男のそばに戻って、屈んだ。

おれは男の体を揺すって言った。「おい、あんた。水たまりに寝てないで、さっさと立てよ」

タクシーが角から曲がってきて、ヘッドライトがおれを照らし出した。初めて会ったのに、おれの名前がマッケアリーだと思い込んだ酔っ払いに上体を寄せているところだった。大都市のタクシー運転手なら強盗だと判断して、走り去るか、じっとすわったまま動かないでいるだろう。この町は大都市ではなかった。タクシーは縁石に沿って停車し、若々しい顔の男が料金メーターの照明光の中に顔を入れて言った。「どこまで？」

おれは言った。「どこへも行かない」そして、歩道に倒れ込んでいる男のほうへ頭を傾けた。「こいつが乗るかもしれない。動けないんだ」

若い運転手が舌打ちをした。「つっつっ」

運転手がタクシーのドアをあけると、おれは屈んで、酔っ払いを脇の下から抱えたまま持ちあげ、歩道からタクシーの中に乗せた。男は酔っ払いにしては妙に重かった。

いい考えが浮かんだ。運転手に尋ねた。「マッケアリーって何者だ？」

若者はしばらく意識的に無表情を装ってから言った。「二人います。ルークとベンの二人。ルークは年配で、土地をたくさん所有。ベンは玉突き屋を経営」

「ベンに会いに行こう」おれはそう言うと、タクシーに乗り込んだ。

タクシーが暗い通りを数ブロック走ってから、おれは仕切りガラスを軽くたたいて、縁石脇にとめるように運転手に合図した。運転手は車をとめ、ガラスを横にあけた。

おれは言った。「マッケアリーって何者だ？」

「さっき言ったでしょ」

おれは言った。「どういうやつだ?」

若者は片田舎では肩をすくめていると受け取られそうな仕草をした。「だから言ったでしょ。玉突き屋を経営してるって」

おれは言った。「よく聞け。こいつが数分前におれに近づいてきて、『マッケアリー』と言ったんだ。こいつは確実に死んでいる」

運転手は今にもタクシーから逃げ出しそうに見えた。目の玉が飛び出していた。

おれは待った。

運転手は生唾《なまつば》を呑み込んでから言った。「そいつをどっかに捨てましょうよ」

おれは首を少し横に振って待った。

「ベンと親《おや》っさんは反《そ》りが合わないんです。この二週間ほど騒ぎを起こしてます。そいつは四人目ですよ」運転手は頭をおれの横の死体のほうへ向けた。

「こいつを知ってるか?」

若者は首を横に振ってから、確かめるために脇ポケットから懐中電灯を取り出して、仕切りガラスの隙間から後部座席を照らし、男の死に顔を見た。そして、また首を横に振った。

おれは言った。「ベンに会いに行こう」

「狂気の沙汰ですよ、お客さん。そいつがベンの組織の者なら、犯人にされちまいますよ。そうでなくても……」

「ベンに会いに行こう」

ベン・マッケアリーは金髪の肥満男だった。年齢は四十前後で、しょっちゅう笑みを浮かべていた。

おれたちは彼の玉突き場の階上にある小さな事務所ですわっていた。彼は心から満面の笑みをたたえながら言った。「それで、あなた、何をさしあげましょうか?」

「おれの名前はブラック。ミネソタ州のセント・ポールから来たんだ。三十分ほど前にここに着いた」

ベンはうなずいた。まだ心のこもった大きな笑みを浮かべていた。間隔の広い目で温かくおれを見つめた。

おれは続けた。「ここでいろいろとごたごたがあると聞いたんで、関わってみようかなと思ったんだ。ちょっとした小遣い銭を稼ごうかなと」

マッケアリーは大きな顔の筋肉を動かして、無知に似たような表情を作った。「あんたの得意な分野は何なんだ？」

「あんたが実際に何を言いたいのかわからないよ、まったく」と言った。「あんたのは何だ？」

彼はまたにやりと笑った。「そうだな」と言った。「階下《した》に行けばかなりの刺激が得られるだろう」

おれは言った。「冗談を言うんじゃないぜ、ミスター・マッケアリー。おれは玉ころがしをやりにここに来たわけじゃないんだ」

彼は楽しげに無表情を装った。

「おれはカンザス・シティーのディッキー・ジョンスンの元で働いたことがある」おれは続けた。

「誰があんたをここへ寄こしたんだ？」

「ラウリーという男だ。彼のコートのラベルにその名前が書いてあった。そいつは死んだがね」

マッケアリーは椅子にすわったまま少し動いたが、表情を変えなかった。

「おれは九時五十分着の列車で来たんだ」おれは続けた。「そして、ホテルのほうへ歩き始めた。すると、ラウリーがデル・ストリートでおれに近づくと、『マッケアリー』と言って倒れた。今は表にとめたタクシーの中にいる。冷たくなってね」

マッケアリーは天井を見あげてから、デスクを見おろして言った。「なるほど、なるほど」デスクの引き出しにある箱から細い葉巻を取り出し、火をつけてから、やっとおれの顔を見た。「なるほど、なるほど」ともう一度言った。

おれは何も言わなかった。

ベンは葉巻を喫《す》い始めてから、大きな笑みを浮かべて言った。「あんたが本当のことを言っていると、どうやっておれにわかるんだね？」

おれは言った。「さあな。どう思うね？」

彼は笑った。「あんたが気に入った」と言った。「ええい、まったく！　あんたが気に入ったよ」

おれは言った。「それは素晴らしいことだと思うね。さてと、そろそろ仕事の話をしようか」

「よく聞け」ベンが言った。「ルーク・マッケアリーは三十年のあいだこの町を仕切っている。あいつはおれの本当の親父じゃない。おれのお袋と結婚して、おれにあいつの名字を名乗らせたんだ」

彼はゆっくりと葉巻をくゆらせた。「おれはかなり嫌味なガキだったと思う」彼は少年らしく笑みを浮かべた。「学校から帰ると、おれは問題を起こした。ほらっ、ガキじみた悪戯《いたずら》だ。それで、親父はおれを家から追い出した」

おれは煙草に火をつけて、椅子の背にもたれた。

「おれは十年ほど南アメリカに住んでから、ヨーロッパへ行った。二年前にここへ戻ってきて、しばらくはすべて順調だったが、やがておれと親父はまたいがみ合いを始めた」

おれはうなずいた。

「あいつはすべてのことを自分のやり方で長すぎるほど取り仕切ってきた。おれは三カ月前にここを開店して、あいつの賭博商売をたくさん奪い取ってやった。たくさんの造船所労働者や鉱山労働者も……」

マッケアリーはそこで話を中断すると、音を立てて葉巻を喫った。

「ルークはまったく正気をなくしちまった」と続けた。「おれがあいつから何もかも奪い取るつもりだろうと考えたんだ」マッケアリーは大きな拳をデスクに強くたたきつけた。「ええい、くそ！　おれは確かにそのつもりだ。ラウリーはこの二週間で殺《や》られた、おれの三人目の部下だ。今ではいろんなことが公けになっている」

おれは言った。「ルーク側はどうなんだ？」

「おれたちがやったのは一人の……」彼が言った。「闇クジ屋だ」

「賭博の縄張りだけが原因じゃないんだろ？」

「今はそれだけじゃないが、最初はそれだけだった。おれはただ生計を立てたいだけだった。今では町の反対側に二軒の売春宿を持っている。当局からは手厚くされていて、あんたの目玉が飛び出すぐらいに酒類関係の商売を広げてるところだ」

おれは尋ねた。「ルークは一人で取り仕切ってるのか？」

マッケアリーはゆっくりと首を横に振った。「あいつはどこにも現われない。ストークスというやつが代わりに商売を仕切ってる。若いやつだ。その二人は八年近く共同で仕切ってるんだ。すべてストークスの名前で……」

「ストークスはどんなやつだ？」

「長身で……あんたぐらいの体格だ。艶《つや》のある黒い髪に、二本のでかい金歯が……」

マッケアリーは太い指で上の前歯を軽くたたいた。「…ここにある」

おれは言った。「あんたにとってそいつの値打ちはいくらだ?」

マッケアリーは立ちあがって、デスクのむこうから上体を前に乗り出すと、にやっと笑って言った。「五セントの値打ちもない」その目は赤ん坊のそれのように大きく清らかだった。そして、ゆっくりと言った。「親っさんのほうはあんたにとって二千五百ドルの値打ちがある」

おれが何も言わないでいると、マッケアリーはすわって、別の引き出しをあけ、ウイスキーびんを取り出した。そして、二個のグラスに注いだ。

「あんたが取るべき一番の方法はな」彼が言った。「ストークスのところに行って、おれに持ちかけたのと同じ提案を持ちかけることだ。あんたがここに来たところは誰も見ていない。あんたが親っさんに近づける唯一の方法だ」

おれはうなずいた。おれたちはウィスキーを飲んだ。

「畜生め!　あんたのスタイルが気に入ったぜ」ベン・マッケアリーが言った。「おれは田舎っぺの組織と仲良くしようと努めてるところだ」

おれたちはにこっと笑みを交わした。彼がおれのことを気に入ったと言ってくれて嬉しかった。彼がおれのことをまったく気に入っていないことがわかっていたからだ。おれのほうが彼より一枚上手だ。おれも彼のことをそれほど気に入っていない。

ストークスは大きな書斎用デスクの角にすわって、長い脚をぶらぶらさせていた。彼が言った。「おまえはペンを無視してるわけか。おまえがおれたちに力を貸してくれるつもりだってことが、どうやってわかる？」

おれは爺さんを見て言った。「おれはあんたの太った息子が好きじゃない。それに、おれはベストの条件を申し出た人間を絶対に裏切らない」

ルーク・マッケアリーはやせた小柄な男で、ふさふさした白い髪に貧相な赤ら顔をしていた。デスクのむこう側で大きな肘かけ椅子にすわって、頭と首と乱れた白い髪が厚手の青いバスローブのひだからはみ出していた。

彼は鋭い目でおれを見て、言った。「わしは関わりたくない」

「じゃあ、おれはベストの申し出の依頼どおりに行動するぜ」

ストークスがにやりと笑った。

爺さんは立ちあがって言った。「何だと？　おまえもおまえのくそ度胸もくたばっちまえ」そして、デスクの上の葉巻保湿箱《ヒュミドール》をあけ、小さいオートマティック銃を取り出した。「わしはおまえのヴェストのボタンを撃ち落としてやれるんだぞ、若僧……今ここで何の理由もなくおまえを撃ってやれるんだ。誰にとっても何も変わらないだろうよ……」

おれは言った。「あんたにとっては変わるだろうよ。チャンスがあるのに、おれの才能を利用しないんだからな」

ストークスは床を見おろしながら言った。「あの組織全体を消滅させてくれたら、五千出す。全員を町から追っ払ったり、ムショにぶち込んだり、毒を盛ったり……何でもいい」

「鉄道の新しい駅はほしくないかい?」

その二人はしばらく何も言わなかった。おれを見ていた。

おれは続けた。「ほしくないのか。じゃあ、その値段でベンを始末しよう。だが、組織をぶっ壊すには、数人のダチを調達する必要がある。五千よりもずっと高くつくだろうな……」

爺さんは一瞬ほんの少し怯えたように見えたが、こう言った。「ベンだけでいい」

「いくらかのゲンナマを見せる気はないのか?」

ストークスが言った。「馬鹿を言うな」

爺さんが甲高い声で笑った。「ふん、それほどの度胸のあるやつは見たことがないわい」

おれは言った。「わかったよ。お二人さん、あとで連絡するぜ」

ストークスはおれと一緒に階下におりた。そして、妙な笑みを浮かべた。「今回のようなきわどい手段を選ぶ親っさんを見たことがないぞ。ベンはおまえが自分の下で働いていると思ってるので、この状況がよく見えるんだろうな」

おれはうなずいて言った。「ふんふん、ベンはいいやつだ。たぶんおれを見たら、その場で撃ち殺すだろう」

「あいつは店で見つからないと思うぜ」

おれは待った。ストークスはドアにもたれて言った。「州南部に大きな組織があって、国境から週に十二台来るトラックにこの町を通過させている。連中は何年も前から高速道路のこの地域を通り抜けるために金を払っているんだ。親っさんにな。直近二回のトラック集団がフォーマイル川近くでハイジャックされた。町の北側でな。二人の運転手が殺されて……」

　彼は話を中断すると、しばらく抜け目のない表情を見せて続けた。「ベンの仕業だ。きのうの夜はトラック集団が来るはずだった。四台か六台並んで走ってくるはずが、現われなかった。今晩は確実に来る。ベンはそこに現われるだろう」

　おれは言った。「そいつは素晴らしい。どうやってそこへ行けばいいんだ?」

　ストークスは主要高速道路を北へ向かうように指示して、フォーマイル川と交差している近道にそれる場所を教えた。おれは礼を言って、そこを出た。

　角のドラッグストアまで歩いて、タクシーを呼んだ。タクシーが来ると、おれは乗り込んで、運転手にそのあたりをまわってもらい、マッケアリーの家の玄関ドアを見張れる場所にタクシーを駐車してもらった。

　しばらくすると、ストークスが出てきて、オープンカーに乗り込み、おれのタクシーの横をぶるるんと走りすぎ、横道に曲がった。おれは運転手にその車のあとを追うように命じた。運転手はそれがストークスだと知らなかったと思う。とにかく、それはどちらでもいいことだった。

　おれはタクシーをおりると、待つように運転手に言ってから、柵に沿ってデル・ストリートを歩いた。かなり強い雨がまた降っていた。ラウリーがおれに近づいてきた場所を通りすぎて、角へ向かった。そして、暗闇の中で見すごした狭い門まで戻った。門というよりドアだった。高い柵と同じように高いドアだった。しばらく掛け金をいじくってから、ゆっくりと門を押しあけて、庭にはいった。古い材木や古い有蓋トラックがたくさんある大きな庭だった。片側に長い倉庫があり、むこう側に小さな二階建ての建物があった。

できるだけ足早にその建物のほうへよろよろと歩き、高く積んだタイヤの山の角を曲がった。そこにはストークスのオープンカーが雨の中でやけに不気味で静かに鎮座していた。その横を通りすぎて、建物へ向かい、明かりのついた窓が見えるまで外壁に沿って歩いた。

静かに動きまわって、木箱を見つけ、小さな正方形の窓から中をのぞくために、その上に立つ必要があった。窓ガラスは汚かった。中は貸事務所のように見えた。ストークスとベン・マッケアリーと、もう一人の男がそこにいた。何かのことで口論していた。マッケアリーは両腕を振りながら歩きまわっていた。ストークスともう一人の男はすわっていた。彼らの言っている言葉が少しも聞き取れなかった。雨が倉庫のトタン屋根の上に激しく降っていて、人の声の響きしか聞こえなかった。

そこにはそれほど長くとどまってはいなかった。何の意味もなかった。木箱からおりると、それを元に戻し、マッケアリーの車を見つけるまで、そのあたりを歩きまわった。とにかく、彼の車だと推測した。幌付き大型オープンカーで、ストークスがはいって来たデル・ストリートの反対側にある門の近くに駐車してあった。

おれはそれに乗り込み、後部座席にすわった。窓のカーテンはしまっていて、しばらく雨宿りできるのは素敵だった。

約十分後に、明かりが消え、人の声がこの車のほうへ近づいてくるのが聞こえた。おれは車のフロアにすわった。三人の男はしばらく車の外に立ったまま、〝ハリーからの電話〟について話をしていた。そして、ストークスともう一人の男がストークスの車のほうへ向かい、マッケアリーは前部座席に体をすべり込ませ、アクセル・ペダルを踏んだ。

その車が門を抜けて、ブロックの半ばあたりに来るまで、おれは待った。それから、マッケアリーの首筋に拳銃を押しつけた。彼は座席にすわったまま背筋をまっすぐに伸ばし、ゆっくりと速度を落とした。そのままルーク爺さんの家へ行くように、おれは命じた。

おれたちは階上の大きな部屋にすわっていた。爺さんはデスクのそばにある大きな肘かけ椅子にすわり、ベンはそのむかい側にすわった。おれは明かりの丸い光の影にあるもう一脚の椅子に半ば横たわっていた。拳銃は膝の上にのせたままだった。

爺さんは激怒していた。憎しみで顔色が変わり、赤く腫《は》れた小さな目でベンをにらみつけていた。

おれは言った。「さて、爺さん、例の小切手を今切ってくれたら、この取引は終わるぜ」爺さんは生唾を呑み込んだ。

「あんたはゲンナマで二千五百ドルを寄こしてくれ」おれはベンに言った。「そうしたら、おれはあんたたち二人を殺して、みんなが幸せになるだろう」

二人はおれが本気だと考えたようだ。ベンは体を強張《こわば》らせ、爺さんは咳払いをして、視線を葉巻保湿箱の上にゆっくりと走らせた。

おれは拳銃をもてあそんだ。煙草のパックをテーブルの上に放って、言った。「喫いたいのか？」

爺さんは煙草とおれの手の中の拳銃を見て、体の力を抜いた。

おれは言った。「それでも、おれはまだ自分の効率の悪さとはちゃんと折り合いをつけていない。あんたたち二人で力を合わせて、ストークスを始末するように申し出てもいいかもしれないな。あいつがここの主役だ。あんたたちの両方を裏切っているんだぞ」

ベンはそれほど驚いていないと思うが、爺さんのほうはネズミを一匹呑み込んだような表情を浮かべた。

「あいつはベンと一緒にトラックのハイジャックに関わっていた」おれは爺さんに言った。「あんたを見捨てるのにぴったりのタイミングを待ってるんだ。あんたの取引相手と親しくしながらな」

爺さんが言った。「それは……くそったれの嘘っぱちだ」

「好きに考えてくれ」

おれはベンに言った。「あいつは今晩ルークの要望と称して、あんたの命に五千ドルの報酬を申し出た。そして、フォーマイル川へ行く道を教えて……」おれはしばらくためらった。「ただ、あんたは同じ場所で三回襲わないよな？」

ベンはやっと笑顔を浮かべた。そして、何か言いかけたが、おれが遮《さえぎ》った。

「あんたがトラックに乗っていた二人を始末したと、ストークスが言ってたぞ」

ベンの笑みが明かりのように消えた。彼が言った。「ストークスが自分でその二人を撃ち殺したんだ。殺す必要なんかなかったのに。二人は道路沿いに並んで……」

彼がそれを言うときの口調はやさしく聞こえた。

おれは言った。「あいつはあんたの家へ来るんだな?」

「あいつは家へ帰った」

ベンが番号を教えてくれたので、おれは電話をかけたが、応答はなかった。

おれたちは数分のあいだ何も言わずにそこにすわっていた。すると、階下のドアがあいて閉まる音が聞こえ、誰かが二階にあがってきた。

おれはベンに言った。「さあ、何を賭ける?」

ドアがあき、ストークスがはいってきた。グレイの長いレインコートを着ているので、実際よりも長身で痩《や》せているように見えた。ドア口に立って、主に爺さんを見ていた。そして、奥まではいってきて、デスクの角にすわった。

おれは言った。「みんなが集まったところで、おまえから競《せ》りを始めてもいいぞ」

爺さんが喉の奥深くから笑った。ストークスは無表情でおれを見つめ、ベンはすわったまま、自分の両手ににこりと笑いかけていた。

「おれはこの州で最高の小さな町を競売にかけてるんだよ、紳士諸君」おれは続けた。「最高の学校、最高の下水設備、最高の郵便局……最高の街灯、最高の水道供給……」

おれは楽しい時間を過ごしていた。

爺さんは悪意の目でストークスを見つめていた。「二万五千ドル払おう」とおれに言った。「おまえがそのピストルをわしに寄こして、ここから出て行けばな」

その全額を集金できるチャンスがあると思っていたら、爺さんと話をしていたかもしれない。事の成り行きはときどきそんなふうに進むものだ。

自分の腕時計を見て、すぐに手の届く椅子の肘かけに拳銃を置き、電話機をつかみあげた。

おれはベンに尋ねた。「今晩襲うところはどこだ?」

ベンは愛想よくしたいらしくて、こう言った。「町の六マイル北にあるコーヒーショップだ」そして、ストークスをちらっと見た。「この野郎は、あんたがフォーマイルでおれを狙撃するだろうと思ったので、場所をコーヒーショップからそこに変更しようとしやがった」

「今そこに部下たちがいるのか？」

ベンはうなずいた。「最近は、食事するためにトラックはそこで休憩している」

おれは電話交換手に市外通話を頼み、ここから北に行った最初の隣町タリーの〈ブリストル・ホテル〉につないでもらった。すぐにつながった。ミスター・コブに取り次いでもらった。

コブが応答すると、おれはコーヒーショップのことを伝え、確実ではないことを打ち明けた。ハイジャックされたブツはデル・ストリートにある庭の倉庫の中で見つかるだろうと教えた。そのことも確実ではなかったが、それを言ったときにベンとストークスの顔つきを観察していたので、確実だと思えた。コブは真夜中頃にトラック集団と一緒にタリーに着いて、それからずっとおれからの連絡を待っていたと言った。

おれは電話を切った。「あちらでは見事な花火が見られるだろうよ」と言った。「トラック一台につき小型機関銃が一挺あり、いつもの二倍の警備係が乗っている。まあ、それはどうでもいいことだがね」おれはベンに続けた。「あんたの誘導はうまくいくのか？　連中はずっと用心しているぞ」

ストークスが立ちあがった。

おれは拳銃をつかみあげた。「動くな、痩せっぽち」と言った。「神経にさわるじゃないか」

ストークスはそこに突っ立ったまま、拳銃を見つめていた。彼のレインコートから雨水が伝い落ちて、足元で小さい黒い水たまりを作っていた。

ストークスが言った。「いったい何が望みなんだ?」

「おまえが先週フォーマイルで撃ち殺した若僧の一人はおれのボスの弟だったということを知っておいてくれ。その弟は付き合いで同行しただけだ」

ストークスは動けなかったんだと思う。横に動くとか、手をポケットに入れるとか何とかするつもりだったと思う。しかし、ストークスは深く息を吸うことしかできなかった。そのあと、おれはこいつがボスの弟を撃ったところと同じ胴体の真ん中に撃った。やつはあぐらをかくように、脚を折り曲げたまま、床に崩れ落ちた。

爺さんは立ちあがらなかった。椅子にもう少し深くすわり直し、ストークスを見つめた。

ベンは肥満男にしてはやけに素早く動いた。立ちあがって、地獄から逃げる蝙蝠《こうもり》の

ように ドアから飛び出した。おれにとっては、どうでもいいことだった。トラックがコーヒーショップに着くより前に、そこへは行けないだろう。おれはベンの車のキーを持っているし、とにかく車はずっと遠く離れたところにとめてあった。

おれは立ちあがると、拳銃をしまい、デスクに近寄って、自分の煙草パックをつかみあげた。爺さんを見おろして言った。「これから事態は少し静かになるかもしれない。いつもどおり、あんたは自分の縄張りを通過させる料金を受け取れるだろう。問題なく通過できるように、ちゃんと取り計らえばな」

爺さんは答えなかった。

おれはドアのほうへ向かいかけたが、家の前から銃声が聞こえた。おれは走って玄関ドアへ向かった。ドアはあいたままで、ベンが敷居の上で横たわっていた。顔から先に倒れていて、上半身がドアの外に出ていた。

おれは体を屈めて、家の中に戻り、玄関ホールを抜けて、施錠されたドアを二つほど試してみた。また玄関ホールに戻ると、爺さんがベンのそばでひざまずいていて、上体を前後に揺らして、少し呻《うめ》いていた。

おれは別の部屋を抜けて、キッチンにはいり、裏口から外に出た。裏庭を横切って、低い柵を跳び越えた。別の裏庭を抜けて、そこの門から裏通りに出た。泥道をずぶずぶと歩いて、横道に着くと、マッケアリーの家から一区画はさんで斜めむかいの角に向かった。

タクシーが通りのむこうからやって来て、角の手前に近づくまで待ち、その前に出た。運転手はまわり込んで、アクセル・ペダルを踏み込んだが、スピードをかなり緩めてくれたので、タクシーのステップに跳び乗ることができた。

おれは窓から料金メーターの照明灯の中に首を突っ込んだ。それがその夜での一番鋭い直感となった。その一秒後に、運転手が今まで見たこともないような醜い四五口径で約二フィート離れたおれの胸に大きな風穴をあけるところだったからだ。それは数時間前におれとラウリーを拾ったタクシー運転手だった。彼はおれの顔を見たとき、長いあいだためらった。

タクシーは立ち木にぶつかりそうになり、おれは手を運転手に伸ばし、手からその拳銃をたたき落とすのに間に合った。彼はブレーキ・ペダルを踏んで、拳銃のほうに手を伸ばしたが、一瞬速くおれのほうが先につかみ、オーヴァーコートのポケットに入れると、彼の横に乗り込んだ。

おれは言った。「恥を知れ。もう少しでおれみたいな親しい友人を殺すところだったんだぞ」

彼は座席にじっとすわったまま、弱々しくにやにや顔を作っていた。「どこまで？」

「ここから離れたところまでだ」

タクシーは雨の降る泥道を走り抜け、ほんの少し明るい通りに出た。

おれは言った。「ベンがラウリーを撃ったことをどうして知ったんだ？」

若い運転手は頭を低くして、目を前に向けていた。「おれとラウリーは二年ほど一緒に住んでたんだ」と言った。「あいつも運転手稼業をしてたことがあるんだが、それもマッケアリーに関わるまでのことだった……」そして、さらに話を続けた。

「ラウリーは二日ほど前にベンのクラップ賭博で大金を儲けたが、ベンはその上前を払えと要求した。自分の下で働くやつはみんな自動的にサクラなんだから、賭けで勝った金は自分のものにできないと言ったんだ。しかし、ラウリーはそれまで稼いだ金をすべてクラップ賭博に使っていた。何カ月もね。ベンにとってはそれで構わなかった。賭けで負けるのはいいが、勝ってはいけないんだとよ」

おれはうなずいて、煙草に火をつけた。

「ベンは今晩デル・ストリートの賭博場でラウリーを撃った。ラウリーは殺されるんじゃないかと怯えていたから、ベンの仕業だとおれは知ってるんだ。だから、ラウリーは『マッケアリー』と言ったわけだ」

「おれたちを拾ったとき、あれがラウリーだとわかってたのか？」

「懐中電灯を使うまではわからなかった。わかったあとで、ベンの家に着いたとき、あいつが車からおりて、あんたより前に家にはいるところを見た。それで、確信したんだ。あんたがあの家にはいってから、おれはラウリーを親父さんの家へ届けた」

運転手はおれを南にある隣町まで乗せていった。その町の名前は忘れた。列車に乗るときは運に恵まれていた。十分ぐらいしか待つ必要がなかったからだ。

“71” クラブ
Red 71

　シェインは『71』と書かれた真っ赤な字の下にあるボタンを押した。そして、建物の壁にもたれかかり、首を少し傾けて、黄色を帯びた黒い曇り空を見あげた。暗い通りでは雨が一様でなく、斜めに激しく降り、彼の足元にある暗い水たまりに打ちつけていた。角の街灯が揺れ、風に吹かれて軋《きし》んでいた。

　ドアののぞき窓から突然明かりが見え、ドアがあいた。シェインは毛足の長いカーペットを敷いた狭い玄関ホールにはいった。黒いソフト帽を脱ぎ、左右に振って、ドアをあけた男に預けた。

　彼が言った。「やあ、ニック。調子はどうだい？」

　ニックが言った。「天気がすごく悪いですね。それに、客の入りもすごく悪いです」

　ニックは背が低く、すごく横幅が広かった。太っているからではなく、筋骨隆々で、力がみなぎっていた。両肩はもっこりと盛りあがり、傾斜して長く湾曲した両腕と大きく白い両手に続いていた。首は太くて白く、顔は広く、あまりにも白くて、長い黒髪が帽子のように見えた。シェインの帽子を番号をふったペグの長い列の一つに掛けると、シェインがコートを脱ぐのに手を貸して、帽子の横に掛けた。

そして、シェインを非難の目で見つめた。「彼はずっと前からあんたを待ってるんですよ」

シェインが「ああ、そうか」と軽く言って、玄関ホールに戻ると、狭い階段を一階上まであがった。あがり切ったところで、また別のホールにはいると、斜めに横切り、あいたままの両開きドアへ向かった。

その先の部屋は広く、薄暗い照明がついていた。たぶん十五人から十八人ほどの客が、ほとんど二人か三人一緒に、白いクロスをかぶせた数脚の小さな丸テーブルのまわりにすわっていた。ほかに三人(一人の女と二人の男)の客が、一角を占めるアルミニウム製のバー・カウンターに立っていた。

シェインはしばらくドア口に立ってから、部屋を横切って、むこう側の壁際にあるテーブルですわって待っているリガスのほうへ向かった。数人の客が顔をあげて、シエインが横を通るときにうなずいたり、話しかけたりした。リガスのむかい側にすわると、近くで控えているウェイターに言った。「バカルディを」

リガスが新聞をたたむと、両肘をテーブルについて、上体を前に乗り出し、にこっと笑った。

「遅いぞ、おまえ」リガスは片手をあげて、青白いあごの片側をこすった。

シェインはほんの少しうなずいて言った。「おれはかなり忙しいんだ」

リガスはギリシャ人だった。長方形の顔には深いしわが寄っていた。目は小さくて黒く、間隔が広かった。口は弱々しく、口角があがっていた。ディナー・スーツ姿だった。そして言った。「万事調子は上々か、えっ?」

シェインは肩をすくめた。「まあまあだ」

「ここの調子はすごく悪い」リガスはカクテルをつかみあげて、一口すすり、椅子にもたれた。

シェインは待った。

「すごく悪い」リガスは続けた。「連中は目こぼし料を五割以上もあげてきやがった」

ウェイターがシェインのカクテルをかなり仰々しくトレイから持ちあげて、彼の前のテーブルに置いた。シェインはそれを見てから、目をリガスに移して言った。「それで……」

リガスは黙っていた。テーブルクロスを見つめ、神経を強く集中させているかのように、薄い唇を突き出した。

シェインはカクテルを味わい、少し笑った。「よくわかってるはずだ」と言った。「おれはこの店にあと十セントぽっちも投資するつもりはない」そして、グラスを置くと、リガスの顔を気難しい目で見つめた。「それに、目こぼし関連の手はずについて何もしてやれないこともわかってるはずだ。それはおまえの仕事だ」

リガスは顔をあげずに、悲しげにうなずいた。「わかってる。わかってるよ」

シェインはカクテルを一口飲んで、待った。

リガスはやっと顔をあげると、ためらいがちに話し出した。「ロレインのことだが、離婚できることになった」

シェインはにこっと笑って言った。「それはいいことだ」

リガスはゆっくりとうなずいた。「ああ」故意にやけにゆっくりとしゃべった。「ああ、おれたちみんなにとっても、いいことだ」

シェインは上体を前に傾けると、両肘をテーブルにつき、手の平を上に向けたまま、片手をゆっくりとテーブルに置いた。リガスの顔を見つめるシェインの顔は強張《こわば》っていて、目はやけに冷淡だった。そして言った。「おまえがそういうふうにからかったことが以前にも一度あったな。覚えてるか?」

リガスは一言もしゃべらなかった。目を大きく見開いて、無表情な目でシェインのネクタイを凝視した。

「何が起こったのか覚えてるか?」シェインが続けた。

リガスはしゃべりもしなかったし、動きもしなかった。

シェインは急に緊張を解いた。椅子の背にもたれると、まわりを見て、ほんの少しにこっと笑った。

「おれはこの店を援助している」シェインが言った。「おまえならうまく経営するだろうと思ったからだ。おれはおまえが好きじゃない。前からそうだが、ロレインが好きだ。子どものときから好きだった。彼女がおまえと結婚したとき、どうしようもない馬鹿だと思ったんで、彼女にはそう言った」

彼はカクテルを一口飲んで、笑みを広げた。「おまえがどれほど素晴らしい男なのか、彼女はおれに言った」と話を続けた。「おまえが自分の金と彼女の金をすべて失ったあとでさえ、彼女はそう言い続けた。そのあと、おまえがこの店を一人占めしたがっていると、おれに言ったので、おれが仲間に加わり、即金で一万五千ドルを出したんだ」

リガスは椅子にすわったまま、心地悪そうに動いて、店内を素早く見渡した。

「それ以来」シェインは続けた。「おれはさらに五千ほど出して……」

リガスが話を中断させた。「おれたちは一万二千ドル近い額の酒類の在庫を抱えている」と大きい手振りで示した。

「何のためだ?」シェインは口を曲げて、愉快そうに嘲笑《あざわら》った。「手入れを受けて、当局の連中を二、三カ月のあいだ高級ワイン漬けにしておくためか?」

リガスはこれみよがしに肩をすくめて、体を横に向けた。「おまえとはまったく話にならないな」と言った。「おまえは頭のネジが外れているし……」

「いいや」シェインがにこっと笑った。「おまえは好きなだけしゃべってればいいぜ、チャーリー。それに、おれの頭のネジは外れてなんかいない。それに、ぎゃーぎゃーと苦情を漏らしてもいない。だが、ロレインとおれのことでこれ以上からかうんじゃないぞ。おまえのためにしてやったことを、おれは彼女にもしてやった。彼女のことが好きだからだ。好きなだけだ。このことをおまえもその石頭にたたき込んでおけるか？　彼女にはどこにでもいるような女になってほしくない。それに、その眉毛を吊りあげるような真似は好まないな。まるでポン引きみたいだ」

リガスの顔が鈍い赤色になった。その目はやけに鋭くきらきらと輝いていた。立ちあがると、やけに穏やかに、かつ息苦しそうに話した。まるで言いたいことをすべて吐き出すのがむずかしいかのようだった。「階上《うえ》へ行こうぜ、ディック」

シェインは立ちあがると、リガスと一緒にその部屋を横切り、両開きドアを抜けた。三階で二人は階下と同じ造作のホールを横切った。リガスが背の高いグレイのドアを解錠し、二人は別の広い部屋にはいった。二脚の大きな丸テーブルがあり、それぞれの上に緑色のシェードがついた吊るしライトがぶら下がっていた。その一脚のテーブルに八人の男がいて、もう一脚には七人の男がいた。リガスとシェインは部屋を横切って、別の背の高いグレイのドアへ向かった。

スタッド・ポーカーのディーラーと二人のプレイヤーが一番近いテーブルから顔をあげた。プレイヤーの一人が言った。「元気かい、チャーリー？」リガスが背の高いドアをあけ、二人はオフィス用にしつらえた小さな部屋にはいった。

リガスはライトのスウィッチを押すと、ドアをしめて、そちらに背を向けたまま、しばらく立っていた。両手はコートのポケットに突っ込んだままだった。

シェインはデスクの縁にすわった。リガスはゆっくりとデスクのほうへ向かい、シェインに近づくと、突然ポケットから右手を出し、シェインの喉元めがけて薄刃ナイフを繰り出した。

シェインは一方に少し動き、開いた片手でリガスの肘近くの腕をつかんだ。ナイフはリガスのコートのラペルを横に切り裂いた。同時に右膝でリガスの腹を蹴りあげた。

リガスはうめき、片膝が崩れたので、横向きにゆっくりと倒れ込んだ。ナイフがガラスのデスクトップの上でかたかたと音を立てた。

シェインがデスクからすべりおり、リガスの体のそばに立つと、ドアがあき、やけに背が高く、やけに痩せすぎた男が部屋の中にはいってきた。

シェインはその男をちらっと見てから、リガスを見おろした。リガスの目はほとんど閉じていて、口は堅く一直線に結んでいた。リガスはうめき、両手で腹を強く押さえ、あごで胸を強く押さえた。

シェインはその長身の男を見あげて言った。「おまえの兄貴にはナイフ遊びをさせないほうがいいな。誰かの目玉をくり抜きそうだぜ」と歯を食いしばりながら言った。長身の男は無表情にリガスを見つめた。シェインは長身の男の横を通りすぎて、ドアのほうへ向かい、オフィスを出て、広い部屋を横切った。二脚のテーブルの男たち全員がシェインを見ていたが、いやに静かだった。一番近くのテーブルで二人の男が立ちあがった。

シェインはその部屋を出て、ドアをうしろ手でしめ、足早に二階下におりた。帽子とコートを見つけて、身に着けた。スカーフを結んでいると、ニックが地下からあがってきた。

ニックが言った。「タクシーを呼びましょうか、ミスター・シェイン?」シェインは首を横に振った。大きな閂《かんぬき》を引いて、ドアをあけ、どしゃ降りの雨の中に出た。マディスン・アヴェニューまで歩くと、タクシーに乗って、言った。「四十九丁目の〈ヴァルマス〉まで」

時刻は八時五分だった。

〈ヴァルマス・ホテル〉のシェインの部屋は十八階にあった。彼は大きい窓の前に立って、渦巻きながら打ちつける雨を通して五十丁目の通りを見おろした。しばらくして、バスルームへ行き、轟音を立てながら浴槽にたまっていく温水をとめて、ローブを脱いだ。

誰かが入口ドアをノックしたので、彼が叫んだ。「はいってくれ」リヴィングルームの様子を映している、バスルームのドアについた縦長の鏡を見た。大きな楕円形のトレイを持ったウェイターがドアをあけて中にはいってくると、低いテーブルにトレイを置いた。

シェインが言った。「電話スタンドの上に小銭が置いてある」そして、スリッパを脱いで、浴槽にはいった。

五分後、浴槽を出ると、深緑色の長いローブを羽織り、スリッパをはいた。低いテーブルの前にすわったまま、分厚いTボーン・ステーキを黒味がかったピンクの立方体に切り分けた。

コーヒーを注いでいると、電話が鳴った。上体を横に傾け、電話機をつかみあげて言った。「ハロー」そして、あとを続けた。「ミスター・シェインは留守だ……彼女があがってくるって？……いったいどうして階上にあがらせたんだ？……」

電話をがちゃんと切ると、足早にドアへ向かい、錠をかけた。しばらくドアのそばに立っていたが、ほんの少し肩をすくめて、錠をあけ、ゆっくりと元に戻って、すわった。

ロレイン・リガスの体はすらりとしていて、肌の色は濃かった。黒い目は端で少し吊りあがっていて、深紅の唇は豊満で、魅惑的だった。体にぴったりの黒っぽいレインコートを着て、スエードの小さな帽子をかぶっていた。しめたドアに背を向けて立った。

シェインが言った。「コーヒーは？」

彼女は首を横に振って言った。「チャーリーがきょうの午後に電話をかけてきて、離婚してやると言ったの。拒《こば》まないって」

「それはよかった」シェインは二個の角砂糖をスプーンにのせて、コーヒーの中に浸し、砂糖が崩れて消えるのを一心に見つめた。「それがどうした？」

彼女は彼に近づいて、そばにすわった。コートのボタンを外すと、シルク・ストッキングをはいた脚を組み、小さな銀製のケースから煙草を取り出して、火をつけた。

そして言った。「デルがチャーリーに近づく前に、デルの居所を突きとめるのに協力してほしいの」

シェインはコーヒーを一口飲んで、話の続きを待った。

「デルはきのうの夜、お酒を飲み始めて」彼女は続けた。「けさも飲み続けたわ。デルが十一時頃外出したあと、一時頃にジャック・ケニーが電話をかけてきて、デルが彼の店に来ていると言ったのよ。ぐでんぐでんに酔っていて、チャーリーをやっつけてやるとわめいてるってね。デルは酔っ払うたびにそんなふうになるわ。チャーリーとわたしのことで狂ったように嫉妬深くなるのよ」

彼女は椅子の背にもたれると、天井に向けて円錐状の薄い煙を吹きあげた。「それで、酔いつぶれるまでデルにお酒を飲ませるか、閉じ込めるか、何かしてほしいと、わたしはジャックに言ったわ。しばらくして、ジャックが電話をまたかけてきて、万事オーケイだと言ったのよ。デルが酔いつぶれたって」

シェインは少しにこっと笑って、立ちあがると、中央テーブルに近づき、葉巻保湿《ヒュミド》箱《ール》から長い、緑がかった黒い葉巻を取り出して、端を切り取り、火をつけた。そして、元の場所に戻って、すわった。

ロレインが上体を前に乗り出した。「三時頃」と言った。「〈イーストマン探偵社〉が——証拠を見つけるためにチャーリーを尾行させているところなんだけど——電話をかけてきて、チャーリーがマクリーンという女と同棲しているウェスト・サイドのアパートメント・ハウスを突きとめたと言って……」

シェインは言った。「連中はいつから尾行してるんだい？」

「三日前よ。チャーリーはきょうまでは探偵たちを巻いてたんだけど、電話の発信先か何かを突きとめたのね」

シェインはうなずいて、小さなカップにコーヒーをさらに注いだ。

ロレインは煙草を揉み消した。「チャーリーがそのアパートメントにはいるのを見届けるまで部下の探偵たちにそこを見張らせておいてちょうだいと、わたしはイーストマンに言ったの。見届けたら、今晩わたしはそこへ行って、目撃者たちと一緒に現場に乗り込もうと考えたわけよ。でも、少し前にチャーリーが電話をかけてきて、万事オーケイだと言ったわ。いつでも、どこでもいいから離婚してやるって」

シェインは言った。「大変な日だったね」

「ええ、そうなの」彼女は手を伸ばして、コーヒー・カップをつかみあげると、少しすすった。「わたしはイーストマンに電話をかけなかった。もともとの予定どおりのことをするつもりだったの。証拠とか宣誓供述書などを手に入れる予定だった。それなら、たとえチャーリーが考えを変えても……」そして、カップをトレイに戻し、椅子の背にもたれると、別の煙草に火をつけた。「でも、デルを見つけなきゃ」

シェインは言った。「デルはケニーの店で眠ってると思っていたがね」

彼女は首を横に振って、ほほえんだ。「デルがどうしてるのか訊くためにケニーに電話したら、デルは消えてたわ。目が覚めて、やるつもりだったことを始めたのよ。ケニーのトランクから拳銃を盗んで、裏口から店を出たわ。デルがほんとにそんなことを実行するとは思わなかったけど、安いお酒をお腹にたっぷり入れると、理性を失う人なので……」

シェインは深い椅子の背にもたれて、天井を虚ろに見つめた。そして言った。「デルが本当にチャーリーの命を狙うだろうと思っているにしては……」そして、葉巻の煙を吸い込み、ゆっくりと吐き出した。「きみはそれほど興奮していないようだね」

「興奮して何の役に立つのよ?」彼女は立ちあがった。「デルが酔っ払ってるときは、連中がデルを〝71〟に入れないことは確かだわ。それに、デルは店の外でチャーリーを待ったりしないはずよ。酔っ払ってるときは、男同士が一対一で面と向かって闘うべきだという馬鹿げたことを考えてるからね。デルのことはわかるのよ」

「じゃあ、何が心配なんだい？」シェインは彼女の顔を見あげて、やさしくにこっと笑った。「デルはたぶん、今頃家できみを待ってるだろうね」

「いいえ、さっき電話したところよ」彼女は窓際へ行った。

シェインは彼女の背中を見て言った。「きみはそうとうデルにいかれてるんだな？」

彼女は振り向かずにうなずいた。

シェインは葉巻を下に置いて、電話機に手を伸ばした。「どこから始めようと思っているんだい？」

彼女は振り向くと、頭を片方に傾げて、眠たそうな目で彼を見た。「どこから始めればいいのかわかっていればね、ディック」と言った。「わざわざあなたを煩わすことなんかしないわよ。あなたはデルを何年も前から知ってるし……わたしと同じようにデルの頭がおかしなふうに働くことも知ってるし……立ちまわり先をいろいろと知ってるでしょ。チャーリーを捜すためにどこへ行くと思う？　〝71〟以外に」

シェインは電話機をつかみあげると、しばらくそれを見つめていたが、下におろした。立ちあがって言った。「おれは服を着てくる」そして、ベッドルームへ行った。

ロレインは窓際にすわった。スエードの小さな帽子の鍔《つば》を額の前から押しあげて、あみだにかぶると、椅子の背にもたれ、目を閉じた。

シェインがネクタイを締めながら戻ってくると、彼女は横たわったままじっと動かなかった。彼はしばらく彼女の横に立って、窓の外を見た。そして、ネクタイを締め終えると、彼女を見おろし、片手をためらいがちに伸ばして、指先で彼女の額に触れた。彼女は目をあけ、しばらく無表情で彼を見あげた。彼はむこうを向いて、コートをかけたままの椅子に近づき、着込んだ。

シェインがドアをしめて、施錠して一秒後に、電話が鳴った。彼は小声で汚い言葉を発し、ポケットの中を探った。彼女は廊下の壁にもたれたまま、鍵をなかなか見つけられない彼の様子にほほえみかけた。

電話がしつこく鳴り続けた。

彼はやっと鍵を見つけて、急いでドアを解錠し、電話口へ向かった。ロレインはあいたままのドア口の枠にもたれた。

シェインは言った。「ハロー……彼に代わってくれ……」立ったまま電話をつかんで、彼女を見た。また送話口に話しかけた。「ハロー、ビル……ああ……ああ……何のために？……」そして、受話器を耳に当てたまま黙っていた。やっと言った。「わかったよ、ビル……ありがとう」そして、ゆっくりと電話を切った。

彼はすわると、彼女に、はいってきてドアをしめるようにと、頭で合図した。彼女はドアをしめて、それに背を向けたまま立ち、いぶかしげに彼の顔を見つめた。

彼は言った。「チャーリーが西八十二丁目の〈モンテシート・アパートメンツ〉で射殺された。今夜の八時半頃に」

ロレインはゆっくりと半ば無意識に手を前にあげた。目はまったく虚ろだった。ふらふらしながら、ゆっくりと椅子に近寄って、どさっとすわった。

シェインは言った。「警察はミス・マクリーンを留置している。そして、おれとチャーリーが今晩口論したことを突きとめた。おれと話がしたいらしい。おれを迎えに来る途中だ」

彼は腕時計をちらっと見た。九時四十分だった。立ちあがって、テーブルへ向かうと、保湿箱から葉巻を取って、火をつけた。そして、窓際に寄り、外の暗闇を見つめた。

「一発は脳底部に当たった。もう一発はそれより少し下の頸部《けいぶ》を破壊した」検屍医は上体を伸ばし、きらめいている器具を殺菌装置に放り込み、ゴム手袋を外した。シェインをちらっと見ると、体の向きを変えて、ドアのほうへ向かった。

ギル部長刑事とインターンが死体を仰向けにした。

ギルが言った。「リガスか?」そして、シェインの顔を見あげた。

シェインはうなずいた。

ギルは部分的に書き込まれた報告書を、検屍台に横たわっているリガスの足のそばに広げると、ポケットからちびた鉛筆を取り出し、報告書に数行を書き加えた。そして、折りたたんで、ポケットにしまうと、言った。「階上に戻ろう」

シェインはギルのあとからエーテルと死の臭いのする部屋を出た。二人は長い廊下を歩いて、エレヴェーターへ向かった。

三階でエレヴェーターをおりると、ホールを斜めに横切って、広いオフィスのあいたドアへ向かい、中にはいった。長身で太鼓腹の男が窓からオフィスのほうへ体を向けると、広いデスクのうしろの回転椅子に近づいて、すわった。その顔は骨張り、紫がかっていた。

そして言った。「どうして今晩立ち寄ったんだ、ディック?」椅子の背にもたれて、細目でデスクの反対側からシェインを見た。

シェインは肩をすくめて、デスクの縁に横向きにすわった。「おれの友人たちにあいさつをしたかったからだ」

「おまえはくそったれの嘘つきだ!」長身の男が静かに、そっけなく言った。「二、三人の部下がおまえを迎えに行ってるときに、おまえは現われたんだ。ここにな。おまえは知らせを受けたんだ。誰からなのか知りたい。おまえにとってはどうでもいいことだろうが、警察にとっては大変な問題だ」

シェインはギルににこっと笑いかけた。顔を長身の男のほうへ戻して、静かに見おろした。そして、ついに言った。「どうするつもりなんだ、エド? 留置するのか?」

長身の男が言った。「逮捕のことを誰から聞いたんだ?」

シェインは立ちあがり、長身の男とまともに顔を突き合わせた。「すると、犯人を逮捕したんだな?」体の向きを変えて、ドアのほうに向かいながら、肩越しにギルに言った。「行こうぜ、部長刑事」

「戻ってこい、この……！」

シェインは振り向いた。その表情は愛想のいいものではなかった。短い歩幅の二歩でゆっくりとデスクのほうへ近づいた。

長身の男はにやにや笑っていた。そして唸った。「おまえは付き合いにくいやつだな、まったく！」

シェインは答えなかった。片足をもう一方の足より少し前にして立ったまま、黒いソフト帽の鍔の下から長身の男を見つめた。目や口のまわりの筋肉はやけに引き攣《つ》っていた。

長身の男はにやにや笑いながら、シェインからギルのほうを向いて言った。「そのイーストマンの探偵を見つけてこい」

ギルはオフィスから急いで出ていった。

長身の男はすわったまま、少し回転椅子をまわし、顔を動かして、窓の外を見た。彼が話すときの態度は不自然にさりげなかった。

「マクリーンという女がリガスを殺したんだ」

シェインは少しも動かず、話しもしなかった。

「今晩おまえとリガスは何のことで口論したんだ?」長身の男はシェインのほうを向いて、顔を見た。両手を太鼓腹の上で組んで、神経質に両手の親指の爪と爪をぶつけて、カチカチ音を立てた。

シェインは咳払いをした。かすれ声で言った。「おれは逮捕されてるのか?」

「いや。だが、おまえを容疑者にするのに充分な証拠を持っている。おまえはリガスの店に大金を注ぎ込んだが、われわれの知る限り、それほど金を受け取っていない。今晩、おまえたちは口論して……」

長身の男は組んだ両手を離して、上体を前に乗り出し、両腕をデスクに置いた。「くそいまいましいほど話をはぐらかさないで、どうしてこの事件の捜査に協力してくれないんだ?」そして、暗く赤らんだ顔をしかめて、ゆがんだ笑みを作った。

シェインは言った。「おれとリガスは金のことで口論したんだ。おれはあいつの店を八時に出て、その十五分後にホテルに戻った。ここへ来るまで、ホテルにいた」そして、デスクに近づいた。「五、六人のホテル従業員に宣誓してもらえるぞ」

長身の男は大げさで入念な身ぶりで非難の気持ちを表現した。「ええい、ディック、おまえがやってないことはわかってるし、マクリーンという女が犯人でもそれほど不思議ではない。ただ、おまえが不明な点をあきらかにしてくれるかもしれないと思ってるんだ」

シェインはゆっくりと明確に首を横に振った。

ギル部長刑事がぴかぴか光る青いサージのスーツ姿の小柄な金髪青年と一緒にはいってきた。

その青年はデスクに近づき、シェインにうなずきかけて、長身の男に言った。「お元気ですか、警部?」

長身の男はシェインの顔を見ていた。そして言った。「この男は……」頭を青年のほうへ向けた。「〈イーストマン探偵社〉で働いている。ミセズ・リガスのために離婚の根拠にする姦通の証拠を捜してたんだが、リガスが撃たれたとき、巡査と一緒に現場にはいって……」

「そうなんです」青年が話に割り込んだ。「あのアパートメントの電話交換手が人殺しだと叫びながら飛び出してきて、巡査が角から走ってきて、ぼくたちは一緒に階上へ行ったんです」彼は話を中断して、息をついた。「そこにはリガスがいました。体の半分はベッドルームの中に、あとの半分はその外にあって、完全に死んでいましたよ……拳銃が床に落ちていて、マクリーンという女がパジャマ姿で立っていて、自分はやってないんだと叫んでました」

長身の男が言った。「わかった。おまえはさっきも同じことを言ったからな」

「わかってます。彼に言ってるだけですから」青年はシェインににこっと笑いかけた。

シェインはまたデスクの縁にすわった。目をその青年から長身の男に移して、尋ねた。「マクリーンは何て言ってるんだ？」

「いろいろとたくさんの話を聞かせてくれてる」

長身の男はデスクの横の大きな真鍮製の痰壺《たんつぼ》に唾を慎重に吐いた。「一番ましな話としては、あの女は眠っていて、銃声が聞こえるまで目が覚めなかったというやつだ。それから、明かりをつけると、リガスがドア口の床で倒れていた。アパートメントの入口ドアは施錠されていなかった。夜のあいだずっとだ。リガスが外出しているときはいつも鍵をかけないでいると言っている。リガスがいつも鍵をなくすかららしい。それに、女を起こすことなく、中にはいれる、とな」

シェインが言った。「八時半にその女はベッドで何をしてたんだ？」

「頭痛がひどかったらしい」

ギル部長刑事がスティール製のキャビネットの引き出しから三八口径オートマティック銃を取り出し、シェインに手渡した。「指紋はない」と言った。「まったくきれいに拭き取ってある」

シェインはその拳銃を見て、デスクに置いた。

長身の男は青年を見た。そのあと、ギルを見ると、意味ありげに首をドアのほうに振った。ギルと青年はドアへ向かった。青年が言った。「それでは、警部。それでは、ミスター・シェイン」ギルがうしろ手にドアをしめた。

シェインはにこにこ笑っていた。

長身の男が言った。「リガスの女房がイーストマンの探偵にリガスを尾行させていた。女房はこの件に何か関わってるのか？」

「どうしてかって？」シェインは肩をすくめた。「彼女は離婚したかったんだ」

「いつからあの夫婦は問題を抱えてたんだ？」

「知らん」

長身の男は立ちあがると、両手をポケットに突っ込み、窓際に寄った。そして、肩越しにしゃべった。「おまえと女房はかなり親しい友人同士だったんじゃないのか？」

シェインは答えなかった。その顔はまったく無表情だった。

長身の男は振り向き、シェインの顔を見てから言った。「まあ、話はこれだけだ」

二人は一緒に部屋を出た。

廊下でシェインは曖昧《あいまい》な手振りをして「また会おう」と言った。そして二階下まで階段をおりて、ドアから通りに出た。雨に濡れないように、入口の広いアーチ形屋根の下に立ち、通りの左右を見渡して、タクシーを捜した。警察署から六、七軒離れたドラッグストアの前に一台とまっていた。彼は口笛を吹いたが、ついには前が見えないほどのどしゃ降りの中をそこまで足早に歩いた。

彼がタクシーに乗り込むと、ぴかぴかの青いサージのスーツ姿の青年がドラッグストアから飛び出し、歩道を急ぎ足で横切って、シェインの横にすべり込み、すわった。

運転手が振り向いて言った。「どこまで?」

シェインは言った。「ちょっと待ってくれ」

青年は座席の背にもたれると、親しげに手をシェインの肩に置いて言った。「運転手にこの一画をぐるっとまわるように言ってくださいよ。あなたに話すことがあるんです」

運転手がシェインの顔を見ると、シェインはうなずいた。タクシーは縁石脇から走り出した。

青年が言った。「リガスが殺されたところから半ブロック北でミセズ・リガスの姿を見かけたんですよ。彼の死体を発見する十分ほど前に」

シェインは何も言わなかった。片手で顔の側面をこすり、腕時計を見て、うなずいた。

「ぼくは角のデリカテッセンで食べるものを買って、出てきたところでした。ミセズ・リガスは通りの反対側で同じ方向に歩いてました。最初は彼女なのかどうかわかりませんでした。ぼくは彼女がミスター・イーストマンに会いにきたときの一度しか姿を見ていません。でも、車が一台通りを走ってきて、ヘッドライトがかなり明るかったので、それが彼女だったことはかなり確かです」

シェインは言った。「かなり確かか」

「本当ですよ、彼女でした」青年は湿った煙草をポケットから出して、火をつけた。

「彼女はどこへ行ったんだ?」

「それがわからないんですよ。雨がくそひどく降っていて、風も吹いてたんで、ぼくが〈モンテシート〉のむかい側にとめていたぼくたちの車に戻ると、彼女は消えていたんです」青年は首をゆっくり横に振った。「ぼくは相棒にそう言いました。たぶんぼくの勘違いだろうと、相棒は言いました。もしそれが彼女なら、探偵社に電話をかけて、ぼくたちのいる場所を尋ねただろうとね。リガスのいる現場に一緒に乗り込むために、ぼくたちが必要でしょうから、相棒は食べるものを買いに角まで行きました。ぼくは車の中にすわって、たぶん自分の勘違いだろうと思いました。その数分後、銃声が聞こえて、電話交換手がそこから飛び出してきたんですよ」

シェインは言った。「リガスがはいるところを見たのか?」

青年は首を横に振った。「いいえ。相棒も張り込み中に、リガスがはいる姿を見ていないと断言しています。リガスは裏口からはいったのに違いありません」

シェインは青いレザーケースから葉巻を取り出すと、端を嚙み切り、火をつけた。「それで、おまえは彼女の姿を見たと思ったことは勘違いだったと、あとで思い直したというわけだな?」

青年は笑った。「ええ、あのときはそう思ったんです。でも、今は勘違いだとは思ってませんよ」

「どうしてだ?」

「それは、自分の仕事に誇りを持ってるからですよ、ミスター・シェイン。さっき男を殺したはずの女を見て、その女が本当に殺したのかどうかわかる自分にね。だから、この業界にいられるんですよ」青年は顔をシェインのほうに向けて、やけに真剣な目で見た。

シェインは暗がりの中でほんの少しにこっと笑った。

青年が言った。「マクリーンじゃありません」とやけに明確に言った。

シェインは言った。「どうして警部にそう話さなかったんだ?」

「まったく、もう! われわれは依頼人を守らないといけませんのでね」

タクシーがドラッグストアの前で停車すると、運転手が振り向き、疑問の目でシェインの顔を見た。

シェインは青灰色の煙を大きく吐き出すと、青年の顔を見て言った。「どこまで行きたいんだ?」

「ここで結構です」青年は上体を前に乗り出して、後部ドアのハンドルに手をかけた。

そして、いったん動きをとめて、顔をほんの少しシェインのほうへ向けた。

「ぼくは困ってるんですよ、ミスター・シェイン。女房は病気だし、このあいだは、手術代を稼ごうとして、競馬でひどく損をしたし……」

シェインは言った。「おまえの相棒以外に誰か、ミセズ・リガスのことを知ってるのか？」

青年は首を横に振った。

シェインは帽子を後頭部のほうへ押しあげて、あみだにかぶると、二本の指を額に走らせて言った。「何ができるか検討してみるよ。どこに住んでるんだ？」

青年はポケットから名刺を取り出し、銀色の鉛筆でそれに何やら書き込んだ。そして、その名刺をシェインに渡して、「それじゃ」と言うと、タクシーからおり、歩道を横切って、ドラッグストアまで走った。

シェインは言った。「ダウンタウンまで」


シクスス・アヴェニューから少しはいった十二丁目で、シェインが仕切りガラスを軽くたたくと、タクシーは縁石脇に寄った。待つように運転手に言って、タクシーをおり、二つのビルディングのあいだの狭い通路を抜けて、上に薄暗い電灯がついた緑色の木製ドアへ向かった。そのドアをあけて、それとは角度をなす重いドアをノックした。そのドアがあくと、幅の広い石段を四段おりて、片側にバー・カウンターを備えた長くて狭い部屋にはいった。

バー・カウンターには七、八人の男がいた。カウンターのうしろにいる白いエプロンをつけた二人の男は、ずんぐりした浅黒いイタリア人と、大柄なアイルランド人だった。

シェインは部屋のずっと奥まで行き、カウンターにもたれて、イタリア人のほうに話しかけた。「ここにある最高の酒は何だ?」

イタリア人はブランディーのびんとグラスをシェインの前のカウンターに置いた。シェインはグラスを明かりにかざし、注意深く拭いた。酒をグラスに注ぎ、味わった。そして言った。「ひどい味だな。ビールをくれ」

イタリア人はブランディーのグラスをつかんで、一口飲むと、びんを片づけ、ビールをグラスに注いだ。グラスの縁から泡をすり切り、トールグラスをカウンターに置いた。

イタリア人が言った。「七十五セントです」

シェインは一ドル札をカウンターに置いて尋ねた。「ケニーはいるかい？」

イタリア人は首を横に振った。

シェインは言った。「電話はどこだい？」

イタリア人は頭をシェインのうしろの幅の狭いドアのほうに傾けた。シェインはブースにはいると、〈ヴァルマス〉に電話をかけ、ミス・ジョンスンにつないでもらった。電話がつながると、彼は言った。「やあ、ロレイン、何号室にいるんだい？……わかった。おれが戻るまで、そこにいるんだぞ。何も買いに行くな。誰にも会いに行くなよ……おれはジャック・ケリーの店にいる……あとできみに会ったときに話すよ……うん、そうだ……じゃあな……」電話を切り、バー・カウンターに戻った。

イタリア人とアイルランド人は二人で話していた。アイルランド人がシェインのほうに近づいてきて言った。「ジャックは階上で眠ってます。何の用でジャックに会いたいんですか？」

「彼を起こしたほうがいいぞ。ブタ箱にはいらない方法を教えてやりたいからな」シェインはビールを味わって言った。「ひどい味だ。水をくれ」

アイルランド人はしばらく不審の目でシェインの顔を見て、水のグラスをカウンターに置き、部屋の奥のドアへ向かった。そして言った。「誰だと言えばいいんでしょうか？」

「シェインだ」

アイルランド人がそのドアのむこうに消えた。しばらくしてから、戻ってきて言った。「階上にあがってください。階段をのぼったところのあいたドアです」

シェインは奥へ行き、ドアを抜け、空気がよどんだ暗いホールを横切った。マッチに火をつけると、階段のあがり口を見つけてあがった。階段をのぼったところのドアが少しあいていて、その隙間からかすかな明かりが漏れていたので、ドアを押しあけて、中にはいった。

ジャック・ケニーは大柄で、丸々と太り、頭が禿げていた。使い古したぼろぼろの枝編み細工の肘かけ椅子に深くすわっていた。

ひどい泥酔状態だった。

もう一人の男が汚くて整頓していないベッドで顔を下にして横たわっていた。鼾《いびき》の音がやかましく、ときおり口笛を吹くような長いため息をついた。

ケニーはあごを胸からあげて、とろんとした目をシェインのほうに向けた。そして言った。「やあ、あんたか」

シェインは尋ねた。「あんたはデル・コーリーにどんな銃を渡したんだ?」

ケニーは目を大きく開き、にやっと笑った。上体をだるそうに前に倒してから、うしろに反らし、気持ちよさそうに伸ばした。

「どんな銃も渡してないよ。あのクズ野郎は盗みやがったんだ」

シェインは待った。

ケニーは突然真剣になった。そして言った。「いったい何の話をしてるんだ?」

シェインは言った。「チャーリー・リガスが今晩三八口径スミス&ウェッソンのオートマティック銃で射殺されたんだ。安全装置は壊れていて、銃身の番号は4、6、6、2……」

ケニーは突然ふらふらと立ちあがった。

シェインは言った。「あんたが知りたいだろうと思ってね」そして、ドアのほうを向いて、そっちへ向かいかけた。

ケニーが言った。「ちょっと待て」

シェインはドア口で立ち止まって、振り向いた。

ケニーの赤らみ膨張した顔から血色が消え、張りのない青白い色になった。

ケニーが言った。「確かか?」ふらふらと部屋の小さなテーブルに近づき、空びんをつかみあげると、明かりのほうにかざして、隅に放り投げた。

シェインはうなずいて言った。「デルってやつはロレインとチャーリーの夫婦関係のことで頭がかっとなって、チャーリーを殺すなんて、かなり間抜けなやつだな?ロレインはここ何カ月もチャーリーとは縁を切ってるし、デルはそのことがわかってるはずなのに……」

ケニーが言った。「あいつはロレインのことを心配してなかった。チャーリーの店で働いてる小柄な煙草売りの女——セルマとかセレナとか何とかいう女——を気にしていた。デルはこの二週間ほどロレインとその女に二股をかけてたんだ。あいつはきょうの午後、そのことを自慢げにしゃべってたよ。その女とチャーリーにちょっとした恨みがあったようだ」

ケニーは化粧ダンスに近づくと、引き出しをあけてウィスキーのびんを取り出した。

シェインは言った。「そうなのか」

彼はそこを出て、暗い階段をおりて、バーへ行った。ビールのグラスと水のグラスは彼が残したままのところにあった。水のグラスをつかみあげると、味わって言った。「ひどい味だ」そして、入口ドアと狭い通路を抜けて、タクシーに乗った。

シェインがタクシーをおりて、運転手に料金を払い、〈ヴァルマス〉に戻ったのは、十一時数分前だった。『ミスター・アーサーが電話をかけてきて、明朝に電話をかけ直す』と書いた伝言をロビーのフロント係が渡した。

シェインは自分の部屋にあがると、コートを着て帽子をかぶったまますわり、電話機をつかみあげた。

そして言った。「よく聞いてくれよ、ハニー。朝に交替する交換手にこう伝えてくれ。ミスター・アーサーが電話をかけてきたら、おれは街にいないと。二カ月ほど戻らないとね。彼はおれに保険を売りつけたいんだ」

電話を切ると、小さな黒い手帳で〝71〟の電話番号を調べて、電話をかけた。知らない声が答えた。シェインは言った。「ニックはいるかい？……ペドロはいるかい？……いや、構わないよ。セルマのラストネームが知りたいだけだ。煙草売りのセルマだ……わかった、おれの名前はどうでもいい……そこの上客の一人だ……うん、そうだ……綴りは？……B・U・R・R……電話番号は知らないよな？」受話器からガチャンという音が聞こえた。シェインはにこっと笑って、受話器を戻した。

電話帳でセルマ・バーの住所を突きとめた。リヴァーサイド・ドライヴ近くの西七十四丁目の住所だ。立ちあがると、テーブルへ向かい、保湿箱から数本の葉巻を取ると、一本を残してすべての葉巻を青いレザーケースに入れた。一本の葉巻に火をつけて、しばらく窓際に立ったまま、アップタウンのビルディングの細かいたくさんの明かりを見つめた。雨を伴った突風が窓に吹きつけ、突然思わず身震いした。キャビネットに近づくと、四角い茶色のびんとグラスを取り出し、酒をたっぷり注いだ。そして、部屋を出て、十六階におりた。1611号室のドアを数回ノックしたが、応答がなかった。エレヴェーターに乗り、ロビーにおりた。

夜勤のフロント係が言った。「そのとおりです。1611号室です。でも、ミス・ジョンスンはあなたが戻る直前に外出なさったと思います」

シェインは内線電話をつかみあげ、交換手に話しかけた。「おれが十時半頃に電話でミス・ジョンスンと話したあと、彼女はほかに電話を受け取ったかい？……おれが電話したすぐあとかい？　ありがとう」

外に出て、タクシーを拾うと、七十四丁目の住所を運転手に告げた。

その住所は、通りの北側にある横幅の狭い五階建てアパートメント・ハウスだった。

シェインは待つように運転手に伝えると、建物前の石段をあがり、重いドアを抜けて、暗い玄関ホールにはいった。ホールの両側に郵便箱があった。マッチに火をつけて、左側から調べた。左側にある最後から二つ目の郵便箱に鉛筆で書き殴ったような名前に興味を持った。『N・マノス』の部屋番号は414号室だった。右側に行き、捜している名前と部屋番号を見つけて、軋む狭い階段で三階にあがった。

312号室では応答がなかった。

しばらくして、シェインは階下におりた。数分のあいだ、玄関ホールの暗がりで立っていた。そして、四階にあがり、414号室のドアをノックした。そこでも応答がなかった。ドアがあくか試してみたが、施錠されていることがわかり、312号室におりた。

しばらく廊下の薄暗がりで立って、耳をドアに近づけた。階下の外部のドアが開閉する音と人の声が聞こえた。階段を半ばまでおりて、人の声が一階の廊下のむこうへ消えていくまで待ってから、312号室のドアへ戻った。いくつかの合鍵を試した。

六本目の鍵がほとんど鍵穴の奥まではいった。ドアノブをつかむと、上にあげて押すと同時に、鍵を強くまわした。錠前が外れ、ドアがあいた。

シェインは暗がりに足を踏み入れて、ドアをあけ、マッチに火をつけた。明かりのスウィッチを見つけ、押した。色彩豊かで趣味の悪いバティック染めのシェードをかぶせたフロア・ランプと黒いシルクのハンカチーフでおおったもっと小さいテーブル・ランプの明かりがついた。二つの電球は濃い琥珀《こはく》色で、二体のランプの光は派手な壁紙や部屋の家具一式がなんとか見えるほどの明るさだった。シェインはテーブルに近づき、テーブル・ランプをおおっている黒いハンカチーフを剝ぎ取った。すると、もう少し明るくなった。

小さな部屋の片側にあるカウチにもたれてひざまずいている男の姿が床の上に見えた。その男の腹はカウチの上にのっていて、両腕は変な格好で床のほうへだらりと垂れていた。後頭部は陥没していて、男の頭部と肩の下にある花柄の白いカウチ・カヴァーは赤黒く輝いていた。

男に近づくと、しゃがみ込み、裂傷ができて血にまみれた顔の側面を見た。デル・コーリーだった。

立ちあがると、部屋を横切って、少しあいたドアへ向かい、足で押しあけた。洗面台の上の明かりがついていて、数層のピンクのシルク布でおおってあった。明かりはいやに薄暗かった。

セルマ・バーは床の上で仰向けに倒れていた。緑のクレープ・デシン地のナイトガウンは引き裂かれ、染みがついていた。喉元や胸には黒い傷があった。顔は膨れ、退色した傷だらけの仮面と化していた。口と片頬はヨードチンキで焦茶色だった。ピューター製の重い燭台《しょくだい》が伸ばした片手の少し先に転がっていた。

シェインはひざまずくと、片肘で浴槽の縁をはさみ、首をセルマの胸に近づけた。彼女の心臓はかすかに鼓動していた。

彼は素早く立ちあがり、バスルームから出て、入口ドアのほうへ向かった。ハンカチーフを出し、注意深く明かりのスウィッチを拭い、明かりを消した。そして、外に出て、ドアを施錠し、ノブを拭って、合鍵をポケットにしまい、階下におりて、通りに出ると、待たせておいたタクシーへ向かった。

運転手が頭をブロックの先にとまっているほかのタクシーのほうへ向けた。「おれたちがここへ着いてからすぐあとに、あのタクシーがやってきたんですよ」と言った。

「誰もおりてきませんｌ。尾行してきたのかもしれません」

シェインは言った。「たぶんな」そして、タクシーを無頓着にちらっと見た。「おれを一番近くにある電話まで乗せていってから、東五十丁目七十一番地まで乗せていってくれ。五分以内に着いたら、あんたに五ドル払うよ」

運転手は通りの反対側を指さして言った。「あそこの自動車修理工場に電話があるはずですぜ」

シェインはその修理工場へ駆け足で向かい、電話機を見つけると、中央署に電話をかけて、ビル・ヘイワースにつないでもらった。「西七十四丁目＊＊＊番地のアパートメントの312号室に死体と瀕死の女が見つかるぞ。急げ。若い女はまだ息をしている。またあとでかける」そして、待機中のタクシーまで走ると、乗り込み、座席の背にもたれて、葉巻の端を切り取り、火をつけて、バック・ウィンドウ越しにもう一台のタクシーを見つめた。彼のタクシーはリヴァーサイド・ドライヴまで行き、二ブロック南下して、東に曲がった。シェインはしばらくほかのタクシーが尾行してはいないと思ったが、七十二丁目を数ブロック走ったあと、またそのタクシーが見えた。彼のタクシーはブロードウェイをコロンバス・サークルまで走って、五十九丁目を横切った。

〝71〟の前で、シェインはタクシーをおりた。「見事だな。待っててくれ」と言うと、足早に歩道を横切り、赤い数字の下にあるボタンを押した。

のぞき窓があいて、シェインの知らない声がささやいた。「何の用だ?」

シェインは言った。「中にはいりたい」そして、のぞき窓から漏れる光の中に顔を入れた。

ドアがあき、シェインは狭い玄関ホールにはいった。彼を中に入れた男は五十代半ばだった。華奢《きゃしゃ》で顔が細く、白い髪を広い額から真うしろに梳《と》いていた。男はドアをしめて、閂をかけた。

ニックがそのうしろ、華奢な男の少し片側に立っていた。右手には鈍く青光りするオートマティック銃をしっかりと握っていた。あごをひいて、もじゃもじゃの太い眉毛の下から上目づかいにシェインを見つめた。そして、急にぐいと顔をあげて言った。

「両手を挙げろ、この野郎!」

シェインはゆっくりと笑みを浮かべ、両手をゆっくりと肩の高さまで挙げた。

ドアの上でベルがかすかに鳴り、白い髪の華奢な男がのぞき窓をあけて、外を見る

と、のぞき窓をしめてドアをあけた。スタッド・ポーカーのディーラーの一人として
シェインが知っている男がはいってきた。華奢な男がドアをしめた。

ニックはまた頭をあげて言った。「階上だ」そして、オートマティック銃をディナー・コートのポケットに入れた。銃口がポケットの布地を外に突き出した。

シェインは体の向きを変えて、ゆっくりと階段をのぼった。ニックとさっき来た男がシェインのあとに続いた。華奢な男はドア口に残った。

二階にあがると、シェインは両手をおろして、両開きのドアを抜け、広い部屋にはいって、中をちらっと見渡した。三人(一人の男と二人の女)が隅のテーブルで、真剣にほろ酔い気分で会話を交わしていた。その三人とウェイターとバー・カウンターのうしろの男を除くと、その部屋には人気《ひとけ》がなかった。

シェインは肩越しにニックに話しかけた。「すごい客の入りだな」

ニックは素早く二、三歩近づくと、オートマティック銃をポケットから取り出して、シェインの背中に強く押しつけた。シェインは両手をまた挙げて、階段を三階まであがった。ニックともう一人の男があとに続いた。シェインは階段をのぼったところで立ちどまり、手すりにもたれた。ニックはシェインの前に出て、グレイの背の高いド

アをノックした。しばらくして、ドアがあき、三人は部屋にはいった。

チャーリーの弟ペドロ・リガスが大きな丸テーブルの一つに着いて、両脚を前後に揺らしていた。非常に長身で、痩せすぎた男だった。顔は浅黒く、ハンサムで、目鼻だちがはっきりしていた。

ペドロの近くでは、背もたれがまっすぐで座部が籐《とう》の椅子に、小太りの若い男がすわっていた。その男は頰がバラ色で、目が明るい青、後頭部を刈りあげた髪は砂色だった。脚を組み、片肘をテーブルについて、上体を前に乗り出していた。テーブルの上でその肘のそばにニッケルめっきの重いリヴォルヴァー銃があった。彼は好奇の目でシェインを見つめた。

ロレインが壁際にある使い古した模造皮革製カウチにすわっていた。両肘を膝頭に置き、両手で両目をおおったまま、上体を前に傾けていた。小さなスエード製の帽子はすでに脱いでいた。湾曲した光沢のない黒い髪が白い額や喉元や両手の前で唐草模様を描いていた。

イーストマンの小柄な探偵がカウチ近くの壁際の床に半分すわった格好で、半分横たわっていた。顔はぼこぼこに殴られて、傷だらけの肉の塊りと化していた。片腕をあげて、顔の下部を半分おおい、もう一方の腕を床と壁の角度に曲げていた。そして、体を震わせて静かに泣いていた。

ペドロはシェインとニックと一緒に来たディーラーを見ると、シェインのほうにうなずきかけて言った。「おまえが連れてきたのか？」

ニックが言った。「こいつがやって来たんです、自分でね」面白くもなさそうにシェインのほうににやりと笑いかけた。

シェインは眠そうな目でロレインを見つめていた。

彼女は顔をあげて、なすすべもなく彼を見た。「あなたと話をしたあとで、誰かが電話をかけてきたのよ」と言った。「自分は夜勤のフロント係で、あなたがホテルの外でわたしを待っているって言ったわ。わたしが階下におりていくと、連中はわたしをタクシーに押し込んで、ここへ連れてきたの」

シェインはほんの少しうなずいた。

彼女は目を床のイーストマン探偵のほうへ移した。「彼がここにいたわ」と続けた。「連中が彼を無茶苦茶に殴ってた。彼をどこで見つけたのかは知らないわ」

シェインが言った。「たぶん警察署で見つけたんだろう。彼がおれと話したあとでな。連中は一晩じゅうおれを尾行していた。警部と話をするためにおれがホテルを出てからずっとだ。それで、きみがホテルにいることが連中にわかったんだ。連中はきみが九時頃ホテルにはいるところを見た。そして、宿泊者名簿からジョンスンの偽名をみつけたんだ」

ペドロはシェインに冷淡な笑みを投げかけて、神経質に両脚を前後に揺らした。そして言った。「おまえら二人のうち、どっちかが……」頭をロレインのほうへぐいと向けた。「……チャーリーを殺したんだ。どっちなのか、すぐに突きとめてやる。もしくは二人とも殺す」

シェインはすでに両手を下におろしていた。今は、体の前に出した両手を見て、片手の平でもう一方の手の裏を撫でていた。そして、バラ色の頰をした若い男を見あげて、ペドロに尋ねた。「処刑人かい？」皮肉たっぷりにかすかな笑みを浮かべた。

ロレインが突然立ちあがり、ペドロに面と向かった。そして言った。「この馬鹿め！　デルがチャーリーを殺したってことを、あんたのその石頭で理解できないの？もう、まったく！」救いようがないことを示す身ぶりを交えた。「新聞を読みなさいよ。見つかった拳銃はデルがきょうの午後にジャック・ケニーからかすめ取ったものだわ。ジャックが証言してくれるから」

ロレインを見たときのペドロの顔は冷淡で、非情で、無表情だった。「おまえはあそこで何をしてたんだ？」

「言ったでしょ！」ロレインは金切り声をあげそうになった。「デルが命を狙ってるとチャーリーに警告をしに行ったのよ！　階上へ行く途中で銃声が聞こえたから、外に出たわ」

シェインはロレインを見ていた。彼の目には嘲《あざけ》るような薄暗いきらめきがあった。彼女は彼をちらっと見て言った。「あなたには言わなかったのはね、ディック、あなたがいろいろと想像するだろうと心配したからよ。あなたは通りのむこうにいる自分の親さえも信用しないでしょ、ねっ？」

シェインはやさしく、ゆっくりとうなずいた。

そして、ペドロのほうに目を移した。「おれはどの時点で登場するんだ？」と言った。「おれはここからホテルへ戻り……十時十五分前頃までそこにいて……」

まだドアの近くに立っているディーラーが初めて口を開いた。「いや、あんたはここを出たあと、九時十分前頃までホテルに戻らなかった。おれの友人から聞き出したんだ。ベルボーイから」

ロレインは目をディーラーからシェインに移した。その目は驚きで大きく見開いていた。彼女が言った。「なんてこと!」

ペドロは急に両脚を揺らすのをやめて、言った。「おまえはここを出てから、どこへ行ったんだ?」シェインの顔を見つめるその目は、太い睫毛《まつげ》におおわれ、細長くなっていた。

シェインはしばらく黙っていた。そして、手をゆっくりと入念にポケットのほうへ伸ばし、ロレインににこっと笑いかけて、言った。「煙草を喫《す》ってもいいかな?」

ペドロが突然立ちあがった。

バラ色の頬をした若者も立ちあがった。リヴォルヴァー銃がその手の中で輝き、若者は素早くシェインに近づいて、シェインのポケットや尻を軽くたたき、両脇の下に手を走らせた。それが終わると、一歩うしろに下がった。

シェインは青いレザーケースを取り出し、葉巻を一本抜いて、火をつけた。

小柄なイーストマン探偵からの声を詰まらせた泣き声を除けば、静かだった。

ニックが突然前に出てくると、シェインの肩をつかんで、揺すった。そして言った。

「ペドロが質問をしたときは、答えろ」

シェインはゆっくりと振り向いて、ニックに顔をしかめた。肩にかかったニックの手を見おろして、ゆっくりと言った。「その手を放すんだ、この下司野郎め！」そして、ペドロに目を戻した。「今夜どこへ行ったのか、ニックに訊いてみろ」

ペドロがいらいらと顔をぐいと向けた。

シェインは口から葉巻を離して言った。「知ってるか。階下で働いてるセルマがニックの女だということを？」少し間を置いてから、素早くニックの顔をちらっと見た。「それに、チャーリーが彼女とも付き合ってたことも？」

ペドロはニックの顔を見つめていた。ペドロの口は少しあいていた。

シェインは続けた。「ニックはそれを知っていて……」

そして、急に体を回転させると、左拳でニックの太い前腕を強く殴り、右手でニックのオートマティック銃をつかもうとした。オートマティック銃が床に落ち、けたたましい音を立てた。シェインとニックとバラ色の頬をした若者が一斉にそれに跳びついたが、若者が少し速かった。殺気に満ちた満面の笑みを浮かべながら、立ちあがった。両手には一挺ずつ拳銃を持っていた。

ペドロが言った。「話を続けろ」

シェインは何も言わなかった。ニックを見る興味津々のその目はきらきらと輝いていた。彼は少し笑みを浮かべた。

ペドロはディーラーにどなりつけた。「階下へ行って、マリオをここへ呼んでこい。お前はドアの番をしてろ」

ディーラーは部屋の外に出て、ドアをしめた。

みんなはやけに静かだった。ニックは若者の手にあるオートマティック銃を凝視していた。その顔にいやに馬鹿馬鹿しい、遠くを見るような表情が浮かんでいた。シェインはまるで、十字切開しようとする生体解剖医のように、ニックの顔を観察していた。ロレインは両手で両目をおおいながら、またカウチにすわった。

ペドロはただ待ちながら、床を見た。

ドアがあいて、華奢な白い髪の男がはいってきた。

ペドロが言った。「ニックは今晩何時に出かけたんだ？」

華奢な男はおろおろした目でニックを見た。咳払いをして言った。「ニックはチャーリーが帰ったすぐあとに出かけました。とにかく店は暇だし、映画を観にいきたいから、しばらくドア番を代わってくれないかと、ニックはおれに言いました。そして、九時頃に戻ってきて……」

ペドロが言った。「わかった。階下に戻れ」

華奢な男は片手で仕草をした。「チャーリーのことを聞いたすぐあとで、あんたが出かけるときに、ドア口でおれの姿を見ましたよね」と言った。「おれはドア番をしていて、よかったんですか？」

「もちろんだ」ペドロはニックを見ていた。「もちろん、ニックが地下倉庫にいるか何かだとおれが思ってるときだけだ。ニックが出かけていたとは知らなかった」

華奢な男は肩をすくめると、部屋を出て、ドアをしめた。

シェインが冷静に言った。「チャーリーがセルマの部屋へ行くんだろうと、ニックは直感した。チャーリーの尾行をせずに、たぶんタクシーに跳び乗って、セルマの部屋へ行った。そこでチャーリーは見つからなかったが、デル・コーリーを見つけた」

ロレインは両手を下におろして、シェインの顔を見あげた。彼女の顔は蒼白で、引き攣《つ》っていた。

「そのために、デルはあそこへ行ったんだ」シェインは話を続けた。「チャーリーを見つけられると期待して。デルはずっとセルマの気を引こうとしていた。それに、セルマとチャーリーのことも知っていた。今晩は酔いつぶれ、激怒して、チャーリーを殺すつもりだった」シェインはかろうじて目の隅でニックを見つめていた。「セルマはデルを落ち着かせたんだろう。ニックは二人をそこで見つけ……」そして、目をロレインのほうへ移した。「……デルの頭を陥没させた」

ロレインは立ちあがって、金切り声をあげた。

ペドロは足早に彼女に近づくと、片手で彼女の口をふさぎ、もう一方の手で彼女の背中を押さえ、やさしく彼女をカウチに押し戻した。

シェインが言った。「そして、ニックはセルマをこっぴどく殴り、チャーリーとも陰でよろしくやっていることを白状させてから、殴り殺したつもりだった」

彼はまたニックを見た。

「ニックはセルマの体をバスルームに引きずり込み、彼女の口にヨードチンキを流し込んで、デルを殴るのに使った燭台をセルマの手に握らせた。セルマがデルを殺してから自殺したように見せかけるためだ」

ニックはシェインのほうを向いて、虚ろな目でシェインを見つめた。

シェインは灰青色の煙を大量に吐き出しながら、大いに楽しんでいるようだった。

「だが、セルマは死ななかったよ」彼は話を続けた。そして、腕時計を見た。「もうすぐ警察がやって来る頃だ。セルマの供述を得たのでね」

ペドロが言った。「早く続けろ」

シェインは肩をすくめた。「ニックはデルがジャック・ケニーから盗んだ拳銃を手に入れて、チャーリーのいる場所へ向かった。チャーリーを殺すいいチャンスだということはわかっていた。おれとチャーリーが今晩口論したので、おれの仕業のように見える。もしくは、おれの仕業に見えるように細工できるかもしれない。チャーリーは家に帰る前に寄るところがあった。ニックはそこへ先に着くと、廊下でチャーリーに銃を突きつけて、アパートメントに連れ込み、殺したか、忍び込んだのかもしれない。ドアに鍵はかかっていなかった。そして、暗がりの中で待った。殺したあと、裏口から外へ出ていった。チャーリーが外からはいってくる裏口からだ。それからここへ戻ってきたというわけだ」

ペドロはドアに近づくと、シェインのほうを向いて言った。「おまえと女は帰ってもいい」

シェインはイーストマン探偵を手ぶりで示した。「あいつはどうする?」

「おれたちが面倒を見る。金をいくらか渡す。まずいことをした」ペドロはにこっと笑って、ドアをあけた。

シェインはニックを見た。ニックの顔は活気がなく、土気色《つちけいろ》になり、まだ遠くを見ているような、ぼうっとした表情を浮かべていた。

ロレインは立ちあがって、帽子をつかみあげ、シェインに近づいた。

二人は一緒にドアへ向かい、廊下に出た。ペドロは手すりにもたれて、入口ドアの内側にいる小柄な男に大声で命じた。「帰らせてもいいぞ」

シェインとロレインは階下におり、人気《ひとけ》がなくて暗い部屋のドアを抜けて、一階に着いた。

華奢な白い髪の男とディーラーがささやき合っていた。華奢な男がドアをあけて言った。「おやすみなさい。またおいでください」

二人は通りに出て、タクシーに乗った。

シェインが言った。「〈ヴァルマス〉まで」

しばらく前に雨がやんだが、道路はまだ黒く、雨水できらめいていて、スリップしやすかった。

シェインはあいた窓の狭い隙間から葉巻を外に放り投げると、座席の背にもたれて言った。「おれはすごい探偵かな？　それとも、本当にすごい探偵なのかな？」

ロレインは答えなかった。彼女の肘は肘かけにのっていて、あご先は手の中にあった。虚ろな目で窓の外を見つめていた。

「きみはそれほどありがたがっていないようだね」シェインはひとりでにこっと笑い、しばらく黙っていた。

信号が赤なので、タクシーはフィフス・アヴェニューでとまった。劇場からの人の流れは悪天候にもかかわらず多かった。

シェインが言った。「おれが唯一確信できていないことは、きみが警告しにチャーリーの部屋に行ったにしろ、デルとセルマのことをすでに聞いていたにしろ、デルがチャーリーを撃ってやると証人たちのいる前で口走った日に、自分でチャーリーを撃つのに最適の日だと思ったのかどうかだ」

ロレインは答えなかった。

タクシーがシクスス・アヴェニューに曲がると、彼女が言った。「あなたは〝71〟

を出てからどこへ行ったの？　ホテルに戻る前に？」

シェインは笑った。「あのひどいアリバイを警部は信じたよ」と言った。「疑いもしなかった」トップコートの一番上のボタンを外し、ティッシュ・ペイパーに包んだ何かを内ポケットから取り出した。「おれが競売に目がないことを知ってるだろ？」

彼女はうなずいた。

彼はティッシュ・ペイパーを広げて、プラチナ台のダイアモンド指輪を出した。その宝石は大きく、混じりけのない無色透明で、やけに美しかった。

彼は言った。「見事だろ？」

彼女はまたうなずいた。

彼は指輪をティッシュ・ペイパーに包んで、ポケットに戻した。

タクシーは〈ヴァルマス・ホテル〉の前の縁石脇にとまった。

シェインは言った。「どこへ行くんだい？」

彼女は首を横に振った。

彼は言った。「きみはタクシーにこのまま乗っていろ」そして、紙幣を彼女の手に握らせて言った。「これで充分だろう。遠くまでドライヴに出たらどうだい？」

彼は彼女の顔に軽く口づけしてから、タクシーをおりて、ホテルにはいった。

パーラー・トリック
Parlor Trick

おれは廊下の突き当たりにあるドアをノックした。廊下は寒く、ほとんど真っ暗だった。もう一度ノックした。ベラが「はいって」と弱々しい声で言ってから、「あらっ、鍵がかかってたんだわ」と言った。錠前が外れ、ドアがあき、おれは部屋にはいった。

中はやけに暑かった。暗く、ガス・ヒーターからの小さな明かりしかなかった。短い廊下のむこうのキッチンからもう少し明るい光が差し込んでいたが、それでもかなり暗かった。

ベラはドアをしめると、ソファに近づいて、すわった。ヒーターの近くにいたので、黄色い明かりが彼女の顔の下半分でちらちらと揺れた。

おれはコートを脱ぎ、椅子の上に置いた。ベラはしきりに上歯で下唇をこすり続けた。小動物の歯に似た彼女の歯は、まさに小動物のように柔らかい下唇の上を素早く走らせていた。彼女の顔の下半分を照らすヒーターからの光は明るかった。

おれは短い廊下を抜けて、キッチンへ向かった。バスルームのドアはあいていた。その前を通りすぎるときに、おれが中をちらっとのぞくと、ガス・シェイファーが首をまわして、肩越しにおれのほうを見た。ガスは背中をドアのほうに向けて、洗面台の前に立っていた。首をまわしておれを見たとき、その顔はひどかった。顔の皮膚は青白く、濡れていて、目は生気がなく、どんよりと曇っていた。

おれは「やあ、ガス」と言って、キッチンにはいった。

細長い朝食用テーブルの片側にあるベンチに一人の男がすわっていた。テーブルは短い一辺をむこうにしてキッチンの隙間に押し込んであった。テーブルの長い一辺に一脚ずつベンチがあり、その男が隙間の隅に背中を向けたままベンチにすわっていたのだ。折り曲げた両膝を胸の前に引きあげて、両足をベンチの手前端にのせたまま、後頭部を壁にもたせかけ、目と口はあいていた。そして、喉の片側からは、薄いナイフの柄が突き出ていた。

ガスはバスルームから出てきて、ドア口でおれのうしろに立った。

テーブルにはほとんど空っぽになったグラスがいくつかあった。そのうちの一つが床に落ちて割れ、たくさんの輝くガラス片が散らばっていた。

おれはそのガラス片を見てから、もう一度男を見た。そして、「なんてこった」とやけに小さな声で言ったと思う。

「おれがやった。やったのに、知らなかったんだ。おれはぐでんぐでんに……」ガスはおれの腕をつかもうとした。

ベラが廊下を歩いてきて、ガスのうしろに立った。やけに怯えていて、やけに美しかった。

そして、ハスキーな声で言った。「ガスはひどく酔ってたの。フランクが何か余計なことを言うと、ガスはナイフをつかんで、フランクの首を突き刺したわ。フランクは窒息したんだと思う……」

彼女は死んだ男を見ると、白目を剝《む》き、気を失った。

ガスはうしろを向き、倒れる彼女の体を受けとめようとして、もう少しで自分も倒れるところだった。そして言った。「おお、ベイビー、ベイビー！」彼は彼女を抱きあげて、リヴィングルームへ運んだ。

おれは彼のあとからリヴィングルームにはいり、明かりをつけた。ガスはベラをソファにおろした。おれは彼が上体を彼女の体に近づけ、彼の指先でピッチャーの水を彼女の顔にはじき飛ばすのを見つめた。そして、ガスは彼女の両手や両手首をさすり、彼女の閉じた青白い唇のあいだから少しのウィスキーを無理矢理押し込もうとした。

「おお、ベイビー、ベイビー」と何度も何度も言った。おれはすわった。

ガスはソファの縁にすわって、おれの顔を見ながら、ベラの両手をさすり、軽くたたいた。

「電話したほうがいいぞ」彼はおれに言った。そして、ベラを長いあいだ見つめた。

「おれがやったんだ、ほらっ、おれがやったんだ、覚えていないだけだ。泥酔していて……」

おれはうなずいて言った。「そうだな、ガス」そして、体を乗り出して、電話機をつかみあげた。

ガスはベラの白く美しい顔を見ていた。そして、無意識に首を前後に振っていた。

おれは言った。「一番ましな筋書きは何だ？　正当防衛か？」

彼は突然こっちを向いた。「おれのことはどうでもいい。作り話はしない」そして、彼女の手を放し、立ちあがった。「ただ、おれは一人でやったんだ。彼女は何の関わりもない。彼女はここにいて……」彼はおれに近づきながら、指をおれに振って、やけに真剣にしゃべった。

おれは言った。「ニーランを呼んだほうがいいかもしれない。このまま放っておいたら事態はますますまずくなるばかりだ」

そして、電話番号をダイアルした。

ニーランは背が低く小太りの男で、妙に顔が長く、広い額の前頭部が盛りあがっていた。彼とフランクは五年間近くいくつかの蒸留酒製造所の共同経営者だった。彼が言った。「おまえがここへ来たのはいつだ、レッド？」

「ベラが電話をかけてきて、大変なことが起こったと言ったんです。おれが角を曲がったところに住んでるもので」

おれはキッチンに続くドア近くにすわっていた。ベラはソファの真ん中にすわって、両肘を両膝につき、上体を前に乗り出して、ヒーターの明かりをぼんやりと見つめていた。ガスは部屋の真ん中にある背板がまっすぐな椅子にすわっていた。

ニーランは歩きまわりながら、壁にかかった絵を見ていた。そして、ソファの肘かけにまたがった。

「すると、おまえは酔っ払っていて、何も覚えてないというわけだな?」ニーランはガスの顔を見ていた。

ガスはうなずいた。ベラはしばらくガスの顔を見あげて、少しうなずいてから、ヒーターの炎に目を戻した。

ドアに軽いノックの音がすると、ドアがあき、大柄な男が静かにはいってきて、うしろ手にドアをしめた。その男は眼鏡をかけていて、黒いソフト帽をあみだにかぶっていた。彼の名前はマクナルティーかマクナットといったが、マックと呼ばれていた。

彼が言った。「エドが階下《した》で二、三人の部下と一緒にいるぞ」

「あいつらは階下で待ってればいい」ニーランが首を少しまわして、目の隅からベラを見た。「すると、ガスは酔っ払っていて、何も覚えてないわけだな?」

ガスが立ちあがって言った。「畜生め! パット、おれは酔っ払っていて、何も覚えてないが、自分がやったのかどうかわからないほどには酔っ払っちゃいなかった。ベラを煩わせるなよ。ベラはここにいて……」

「ベラはそう言わなかったぞ」

ベラが言った。「わたしはうとうとしていて、ガスとフランクがキッチンでしゃべってる声が聞こえたけど、そのうちに二人の声が聞こえなくなったわ。しばらくして、わたしは起きあがって、キッチンへ行ったの。フランクは今みたいな格好で、ガスのほうは酔いつぶれてた。頭をテーブルの上にのせたまま」

彼女は両手であご先をおおい、話すときに頭を上下に振った。ガスはまた椅子の縁にすわった。

ニーランはにやりとマクナルティーに笑いかけて言った。「どう思う、マック？」

マクナルティーはベラに近寄ると、手を下に伸ばして太い指を彼女のあご先の下にやり、頭をうしろに引きあげた。

「この女は嘘つきだと思うね」と言った。

ガスが立ちあがった。

マクナルティーはそれを望んでいたかのように、ガスのほうを向いた。ガスの顔を二度もやけに強く殴った。ガスは倒れて、横に転がった。そして、膝を胸のほうに曲げて、少し呻《うめ》いた。

マクナルティーはコートを脱いで、ていねいにたたむと、椅子に置いた。そしてガスに近づき、胸を強く蹴ってから頭を数回蹴った。ガスは両手で自分を防御しようとした。それ以上の声をあげなかったが、両腕を挙げて、自分を防御しようとした。一度は立ちあがろうとしたが、マクナルティーが彼の腹を蹴ったので、倒れて、静かに横たわった。しばらくのあいだ、マクナルティーは蹴るのをやめて、すわった。あえいでいた。帽子を脱ぐと、ポケットからハンカチーフを出して、顔を拭った。

おれはニーランを見た。「あんたに連絡したのは」と言った。「ガスにチャンスをやるだろうと思ったからで……」

ニーランが言った。「警察に連絡するべきだったな。連中ならガスにチャンスをやるだろう。ガスとここにいるおまえのガールフレンドを……」と頭をベラのほうへ向けた。「……長いゴムホースで痛めつけてから、自白するチャンスをな」

ベラは両手を顔のほうへあげたまま、ソファの背にもたれていた。そして、ガスを見つめてから、マクナルティーを見ようとした。

マクナルティーはにこっと笑って言った。「そうだよ、どうしてデカを呼ばないんだ? フランキーは署長から部下たちまで全員に裏金を渡していた。これから、連中はみんなこの街のために働かないといけなくなるだろうな」彼は息を切らしていて、途切れ途切れに話した。

ベラは立ちあがって、ドアのほうへ向かいかけた。すると、ニーランも立ちあがり、片手で彼女の口を、もう一方の手で彼女の背中を押さえた。そして、しばらく彼女をそのままの格好で動けなくしてから、彼女をソファに押し戻した。

そのあと、マクナルティーが立ちあがり、ガスのそばに屈み、ガスのシャツのカラーの後部をつかむと、少し持ちあげた。

マクナルティーが言った。「さあ、来いよ、若僧。ちょっと空気を吸いにいこう」ガスのシャツのカラーがちぎれ始めたので、マクナルティーはもう一方の手でガスの首筋をつかみあげて、立たせた。ガスは自力で立っていられなかった。マクナルティーはそこに立ったまま。腕をガスの肩にまわしたまま、ガスを支えていた。ガスの顔はかなりひどい有様だった。

マクナルティーが「さあ、来いよ、若僧」ともう一度言って、ガスをドアのほうへ連れていきかけた。

ニーランが言った。「ちょっと待てよ、マック」

マクナルティーはうしろを振り向くと、しばらくニーランの顔を虚ろな目で見つめてから、ガスを大きな椅子に強い力ですわらせた。そして、その椅子の肘かけにすわって、自分のハンカチーフを出し、ガスの顔を拭った。

ニーランはキッチンへ行った。そこで音も立てずに二、三分いてから、明かりを消して戻ってきた。リヴィングルームの明かりも消した。ヒーターからの黄色いかすかな炎を除くと、真っ暗だった。

ニーランは明かりの当たらないソファの端にすわった。炎の光がベラの顔の上でゆらめいた。しばらくしておれの目が暗闇に慣れると、マクナルティーとガス……そしてニーランがすわっている場所に、暗い影を認めることができた。

ガスの荒い息づかいの音を除くと、やけに静かで暗かった。ベラ以外に何も見えなかった。彼女は目を閉じ、顔をまったく少しも動かさないまま、ソファの背にもたれていた。

四、五分もたつと、おれはいらいらし始めて言った。「どういうことなんだ、パット？」

ニーランは答えなかった。それで、おれは椅子にすわったまま、上体を前に乗り出したが、立たなかった。体じゅうの筋肉を緊張させて、そこにすわっていた。

するど、キッチンのほうで何かが動いているような音が聞こえた。ほかの者にも聞こえたのかどうかはわからないが、何かが床の上を動いているような音だとはわかった。

おれは立ちあがったが、しゃべることができなかった。もう音が聞こえなかったが、おれは動かずに、そこで立っていた。するとベラがしゃべり始めた。頭をうしろに反らし、目を閉じたまま、会話調でしゃべった。

「フランクがわたしに会いにここへ来たの。この四日間、毎晩わたしに会いにきてたわ。ひどいウィスキーをたくさん持ってきて、ガスを酔っ払わせ、自分自身も酔っ払っていた。以前に一度ガスを酔っ払わせて、わたしに言い寄ろうとしたの。なかなかあきらめようとはしなかった」

ベラはしばらく話を中断した。炎の明かりが彼女の顔を照らし出した。そのときの彼女はやけに美しかった。

「今晩、ガスがトイレにはいっているとき、フランクがレッドとわたしのことをガスに話すぞと冗談を言って……」

彼女は目をあけて、一瞬暗闇の中でおれのほうを見てから、目を閉じて、話を続けた。

「わたしは怖くなったわ。フランクとガスがキッチンでどなり合っているあいだ、レッドに連絡したら、彼がやって来たので、中に入れたの。わたしたちはここの暗闇の中で四、五分のあいだ二人のどなり合いを聞いていた。フランクがレッドはすごくいやつだと言い出し、だんだん話が下品になってきたところで、レッドがすごい勢いでキッチンにはいって、フランクを殺したのよ。ガスは泥酔していて、何も見てないし、何も知らないんだと思うわ」

彼女はまた話を中断し、静かになった。

「そのあと、レッドは帰り、わたしはしばらくここにいたの。すると、さっきも言ったように、キッチンへ行って、ガスを起こしたわ。わたしがやったとガスは考えたんだと思う。わたしはまたレッドに連絡して……」

ニーランは立ちあがって、明かりをつけた。マクナルティーも立ちあがって、目をぱちくりさせながら、そこに立ったまま、ベラを間抜け顔で見つめていた。

おれは帽子とコートを取りにいき、帽子をかぶった。コートを着たあと、立ったまま、しばらくベラを見ていた。彼女はまだソファの背にもたれたまま、目を閉じていた。彼女はこれまで見たなかでももっとも美しい女性の一人だった。

ニーランはドアをあけ、おれとマクナルティーは廊下に出た。部屋の温度はかなり高かったが、廊下はやけに寒かった。そして、ニーランはドアをしめて、おれたち三人は階下へおりた。

縁石脇に小型の幌付き自動車がとまっていて、そのサイド・ウィンドウのカーテンはしまっていた。以前に見たことがない二人の男が前部座席にすわっていて、もう一人の男が歩道に立っていた。エンジンはかかったままだった。

マクナルティーがドアをあけて、後部座席にすわった。そのあと、おれが乗り込み、ニーランが続いた。ほかに何もできなかった。おれは二人のあいだにすわり、ニーランが言った。「行くぞ」

車はゆっくりと通りを走った。歩道に立っていた男は車に乗らなかった。歩道に立ったまま、車を見送っていた。おれは少しうしろを向いて、バック・ウィンドウ越しにその男を見た。おれたちの車が角を曲がるときに、男は反対方向へ向かった。

街を出ると、車はスピードをあげた。やけに寒かった。

おれは言った。「急いでくれ」

ニーランはこっちを向いて、にやりと笑いかけた。街灯の前を通るときに彼の顔が少し見えた。彼が言った。「〝急いでくれ〟とは、何をだ？」

「急いでくれ」寒さがおれの鳩尾《みぞおち》や脚まで伝わり始めた。立ちあがりたかった。できれば立っていたかった。

ニーランはバック・ウィンドウの外をちらっと見て言った。「テールランプが切れているようだな」

車がスピードをゆるめて、とまった。その頃には街からかなり遠く離れていて、道路は暗かった。

ニーランが言った。「テールランプがついてるかどうか確かめてきてくれ、マック」マクナルティーは唸ると、手を伸ばして、ドアをあけ、体を持ちあげた。頭を低くして、片足をステップに置いた。すると、ニーランがおれの体の前でやけに素早く手を伸ばした。彼の手は拳銃を握っていて、マクナルティーの背中に近づけると、三発撃った。銃声の間隔はやけに短かった。マクナルティーの膝が崩れ、顔を下にして車から転落した。

車はまた発進して、運転手の隣にすわっていた男が手を伸ばして、あいていたドアをばたんとしめた。

ニーランは咳払いをして言った。「フランクはずっと前から死ぬ運命だったんだ。おれたちの大きな運搬情報を流していた。南部ではこの二カ月のあいだ、一台のトラックも通り抜けていない」

おれは自分の両腕や両脚に血がまためぐり始めるのを感じた。今では、それほど寒くないし、痛みを感じないで息ができた。

「マクナルティーはフランクとグルだった。マクナルティーは州南部の組織の回し者だ。きのうの夜、わかったんだ」

おれたちはもう少し車に乗っていたが、誰も一言もしゃべらなかった。

「もしあの女が自分の話を押し通すなら」ニーランが続けた。「おまえは消えたほうがいいだろう。もし話を押し通さないのなら、ガスが罪をかぶることになるだろう。どちらにしろ、おまえがこれ以上ここにいても、よいことはない」

まもなく、おれが都市行きの電車に乗れるように、車は都市間電車の小さな駅でとまった。

しばらく待つ必要があった。暖かい駅の中にすわって、ベラのことを考えた。しばらくすると、電車がやって来た。

ワン、ツー、スリー
One, Two, Three

おれはこのヒーリーというやつが姿を見せるのを待つために、ロスアンジェルスに一週間近くもいた。おれの上司によると、こいつはややこしい選択売買権《オプション》か何かを巧妙に操作して、ケベックの鉄道会社から十五万ドル近くを騙し取ったらしい。悪くない〝近く〟だ。

おれの情報源が言うには、そいつは西のほうへ向かっていて、カード・ゲームに興じることがものすごく好きだという。おれもそうだ。

回収総額から三千いただきますからね。よろしく。

おれはシカゴでそいつを約二時間の差でつかまえそこね、あらゆる切符売場をまわって、販売員たちと仲よくなり、ヒーリーがLA行きの切符を買ったことをやっと突きとめた。それで、おれはそこへ飛んでいき、じっと待っていたわけだ。

この案件はパスしよう。

日曜の午後、おれは〈ローズヴェルト・ホテル〉のロビーでガードという〈イースタン探偵社〉の調査員にばったり出くわした。おれたちは一緒に酒を飲んで、あれやこれやおしゃべりをした。そいつも西海岸でヒーリーという男を捜していたのだ。依頼人が誰なのか賢明にも話してくれなかったが、〈イースタン〉は失踪人捜しとか浮気調査とかいう案件を主に扱う探偵社だ。

月曜の朝、そのガードがおれに電話をかけてきて、そいつの探偵社のユタ州ソルト・レイク支部がネヴァダ州カリエンテでヒーリーの居所を突きとめたと教えてくれた。おれは興味がないと言って、そいつに礼を述べてから、〈Uドライヴ・レンタカー事務所〉で車をレンタルして、カリエンテまで車を飛ばした。

午後四時頃そこに着いて、はいった二軒目の店でヒーリーを見つけた。そいつは地元の男五人と一緒にスタッド・ポーカーに興じていた。もしそいつらが地元における平均的なカードの腕前なら、おれには時間がたっぷりあるぞと思った。

ヒーリーは大柄な男で、陽気そうな丸い顔に、血色のいいなめらかな肌をしていた。口は開きぎみで、湿りぎみだった。目はライトブルー。それまで見たなかでは一番小さい目だったと思う。そして、やけに間隔が広かった。

そいつはかなり規則正しく勝ったり負けたりしたが、ゲームは五セントの値打ちもなかった。地元の男たちはかなりのヴェテランで、なかなか手の内を見せなかった。ヒーリーがプラマイゼロなのはただ勝負運のおかげだった。やっとそのうちの二人を脅《おび》えさせ、ひとゲーム七十ドルから八十ドルのテーブルから追い払った。その結果、そいつは気分がすごくよくなったらしく、立ちあがると、バーまでやって来て、テーブルにいる男たちのために酒を注文した。そして、自分にはレモネードを注文した。

おれは言った。「失礼だが、デトロイトのロニー・トンプスンの店で会わなかったかい？」ロニーはノミ屋で、おれはヒーリーに関する情報のほとんどをやつから得ていたのだ。

そいつはにこっと笑って言った。「たぶんな」そして、おれが何を飲んでいるのか尋ねた。

おれはウィスキーを注文した。

おれがその町に長くいるのかとそいつが尋ねたので、ここはどんな調子だろうと見るためにやって来たところだと、おれは答えた。そして、ここの状況はそれほどよくないので、たぶん、今夜か翌朝にLAに車で戻るだろうとも言った。

おれはそいつにレモネードのお代わりをおごってやり、ウィスキーのお代わりを注文して、二人でデトロイトの話をした。しばらくして、そいつはカード・テーブルに戻り、すわった。

出会いとしてはそれで充分だった。おれは自分のことをそいつに同類だと思わせた。外に出ると、〈パイン・ホテル〉まで二ブロックほど車を走らせて、部屋を取った。〈パイン〉は実際にその町の唯一のホテルだったが、おれは宿泊者名簿を一日か二日ほど前まで調べて、ヒーリーの名前があることを確かめた。そのあと、部屋にあがり、顔を洗って、ベッドに横になると、煙草を喫《す》って、細かいところまで検討した。

ロニー・トンプスンによると、ヒーリーはゲンナマ好きの男だという。つまり、紙幣と旅行小切手《トラベラーズ・チェック》を持ち歩いているらしい。確かめられないが、それだけで充分だった。重要なのは、そいつをLAに行かせて、金を巻きあげられる二、三の場所へ連れていくことだ。

一時間近く眠っていたようだ。目が覚めたときには、暗くなっていたからだ。誰かがドアをノックしていたので、起きあがると、よろよろと歩いて、明かりをつけ、ドアをあけた。大柄のヒーリーを力づくで打ち負かすにはあまりにも眠かった。「中にはいってすわれよ」とか何とかつぶやいた。そして、洗面台へ行き、顔に冷水をたたきつけた。

振り向くと、そいつは怯えた顔をしてベッドにすわっていた。煙草を勧めると、そいつは一本取ったが、その手は震えていた。

そいつが言った。「あんたを起こして悪かった」

おれは言った。「いいんだ」すると、そいつは上体を近づけて、いやに低い声でしゃべった。

「おれはすぐにでもここからずらからなきゃならないんだ。あんたにロスアンジェルスまで車で送ってもらうのにいくら払えばいいのか、知りたい」

おれは椅子から転げ落ちそうになって、とっさに「もちろん送ってやるよ」と大声で言って、そいつをすぐに車まで引っ張っていきたいという衝動に駆られた。しかし、そいつは何かに怯えていた。男が怯えているときこそ、事情を突きとめるのに最適のときだ。

おれは時間稼ぎをした。「うーん、まあ、いいけど」と少しためらいがちに言った。

そいつが言った。「聞いてくれ……おれは土曜の朝にここへ来たんだ。ここの住民であることを証明するのに、充分なほど長くここに滞在してから、例のスピード離婚を申請するつもりだった。ネヴァダ州法のもとでね。

女房は脅迫するつもりで六週間前からずっとおれのあとを追いかけまわしてやがる」そいつは続けた。「女房がここにいるんだ。少し前におれがホテルに戻ると、女房がおれの部屋にはいってきて、脅迫を始めやがった」

そのとき、ガードの依頼人が誰なのかわかった。

「女房はきょうの午後ここへ来た。おれの隣の部屋を取ったんだ」

そいつが長いあいだ黙っていたので、おれは少し笑って言った。「それで?」

「おれはずらからないといけない、今すぐ」そいつは続けた。「女房はひどい役者なんだ。おれの部屋にはいってきて、芝居を始めた。自分の兄貴だという男と一緒だったが、そいつもひどい役者だ。あんたは車でLAに戻るとか言ってたな。ホテルに戻ったとき、おれは宿泊者名簿であんたの名前を見て、車に乗せてくれるかもしれないと思ったんだ。おれはここでは車を借りられないし、真夜中まで列車は来ない」

そいつは今まで見たこともないほどすごく分厚い丸めた札束をポケットから取り出

して、二枚の紙幣を抜いた。「もし金額の問題なら……」

おれは威厳らしきものを感じてもらえるように願いながら、「今夜LAに戻ろうと決めたところだ。喜んであんたを車に乗せていくよ、ミスター・ヒーリー」おれは立ちあがって、コートを着た。「あんたのものはどうなんだ?」

そいつがぽかんと口をあけたので、おれは言った。「荷物のことだよ」すると、そいつが「大丈夫だ。放っておく」そして、またにこっと笑った。「軽装で旅をしてるもんでね」

階段をおりる手前で、そいつがささやいた。「まさにたいしたドライヴになるな」そして、あるものを取ってくるために自分の部屋にこっそりと行かないといけないことを思い出して、車の中で落ち合おうと言った。おれは車の駐車場所を教えた。そいつはすでにホテル代は払ってあると言った。

おれは階下におりて、チェックアウトをした。

おれの車は前後をフォードのトラックと、淡い青色をしたクライスラーのオープンカーにはさまれていた。オープンカーの前には広いスペースがあったので、おれは近づくと、ハンド・ブレーキを外して、車体を前に八フィートほど押した。それから、自分の車に乗ると、運転座席の背にもたれたまま、待った。

あいつが自分で脅迫とか何とかだと認めている事態に怯えているので、状況全体がかなりやばそうに見えた。そして、自分の荷物はいらないと言ったあとで、取ってくるものがあるので部屋に戻らないといけないと言った。それは、また女房に出くわす危険を冒すことになる。本当にあいつの女房なのだろうか？

女房が自分の兄貴と〝思われる〟男と一緒に州から州に動きまわっているのに、どうやったら亭主を脅迫できるのか、考えつかなかった。だが、ネヴァダ州ではほとんど何でも起こりうるのだ。

約五分たつと、いらいらし始めた。車のドアをあけ、歩道におり立った。ドアをしめたとき、五発の銃声が続けざまにホテルの上層階のどこかから聞こえた。おれはいつもトラブルに巻き込まれるか、放っておくか選ぶことができる。おれはいつもトラブルに巻き込まれるほうを選ぶ。間抜け野郎のように、おれがホテルに駆け込んだ。

フロント係は眼鏡をかけた金髪の大柄な若者だった。おれがホテルにはいると、その若者はカウンターのうしろから出てきた。二人で一緒に二、三段ずつ階段をあがった。

三階の廊下では、ウール地の長い下着を着けた男が立っていて、一つのドアを指さした。おれたちはその部屋にはいった。ヒーリーは部屋の真ん中で顔を下にして横たわっていた。そのむこうの壁際に、女が倒れていた。女も顔を下に向けていた。

フロント係の顔が見事なほど青白くなった。そして、そこに突っ立ったまま、ヒーリーを見つめた。おれは近づき、女の体を仰向けた。女は二十二か二十三にもなっていなかった。小柄で、目が灰色で、金髪だった。左脇腹にナイフが刺さっていた。伸ばした手の近くに三八口径オートマティック銃があった。紛れもなく死んでいた。

ウール地の下着を着た男は部屋の中をのぞくと、廊下を走って、ほかの部屋に駆け込んだ。その男がそこにいる誰かに状況を大声で伝える声が聞こえた。

おれはフロント係に近づき、肩を軽くたたいて、女を指さした。フロント係は二度ほど生唾を呑んで、言った。「ミス・マッケイです」そして、ヒーリーに目を戻した。ヒーリーの背中の状態に見入っていた。挽肉《ひきにく》状態に。

そのあと、二十人ほどの人間が一度に部屋にはいってきた。

この保安官は通りのむかいにある玉突き屋にいた男だ。ヒーリーを仰向けにして言った。「これはミスター・ヒーリーだ」まるで大発見したような言い方だった。

おれは言った。「ああ、そうだ。撃たれてる」

おれの見事な言い方が保安官には気に入らなかったんだと思う。保安官はフロント係をちらっと見てから、おれの名前を尋ねた。おれが自分の名前を教えると、フロント係はうなずいた。保安官は頭を掻いて、女に近づき、死体を見た。おれは女がナイフで刺されたと言いたかったが、自制した。

ウール下着の男がスラックスをはいて、戻ってきた。誰かの罵声のあと、突然の銃声のほかは何も聞こえなかったと言った。

銃声のあと、廊下に出たのは、何分後のことかと、おれがその男に尋ねると、その男は確かじゃないが、三十秒ぐらいだろうと言った。

一番目に興味深いことは、現場がヒーリーの部屋ではないことだ。ミス・マッケイの部屋だった。ヒーリーの部屋は隣にあった。たぶん、ヒーリーは自分から意図的に女の部屋にはいったということだろう。つまり、ヒーリーが自分の部屋で忘れ物を捜しているあいだ、女がそこでヒーリーをびっくりさせたわけではないということだ。

二番目は、ナイフはヒーリーのものだったことだ。ヒーリーがそのナイフを持っているところを五、六人が目撃していた。刃渡り七インチの大型ジャックナイフで、グリップのボタンを押せば刃が飛び出す類《たぐ》いのナイフだ。ヒーリーにはポーカー・ゲームでレイズが終わるまで待ったり、集まった賭け金を分けるようにほかのプレイヤーを無言で脅《おびや》かそうとするときに、ナイフ・ゲームをする習慣があったと誰かが言った。

三番目の事実がもっとも重要だった。ヒーリーの所持金がなくなっていたのだ。保安官と二人の助手がヒーリーの所持品を検査し、二つの部屋を徹底的に捜索した。連中は大金のことを知らないで、それを捜しているわけではなかった。証拠を捜していたのだ。ヒーリーの衣服から見つけたのは、懐中時計用ポケットに押し込んだ四百ドルの札束のほか、鍵束や煙草とかの通常の持ち物だった。手紙もないし、何の書類もなかった。ヒーリーの部屋には大きなスーツケースが一個あって、中は汚れた衣類でいっぱいだった。ヒーリーがおれに見せびらかした例の丸めた札束はなくなっていた。

そのあとの三十分のあいだ、おれはいろんなことを突きとめた。若い女は一人でホテルに来た。おれ以外、ほかには誰もその日にホテルにチェックインしていなかった。女の部屋のドアは、裏階段をのぼったところから約二十フィート離れていて、ホテルの通用口のドアは夜十時まで施錠されない。

ヒーリーが話していた男にとっては朝めし前の犯行だ。ミス・マッケイの兄貴と思われる男にとっては。

ヒーリーはたぶん女を始末するために階上《うえ》に戻ったのだろう。あいつがあの女に怯えていたのは確かだ。正真正銘の恐怖は見たらわかる。女はあいつを脅迫するネタをたくさん持っていたのだろう。あいつはおれとずらかる段取りをつけてから、女を切り刻んで口を永久に塞《ふさ》ぐために階上に戻った。

兄貴と思しき男は通用口からはいり、ナイフ刺殺現場に遭遇して、約六フィート離れたところからオートマティック銃でヒーリーの背中を撃ったのだ。

そして、その男はヒーリーのポケットから丸めた札束とほかの金目の物——旅行小切手とか——をつかみ出して、拳銃を床に放り投げ、裏階段を駆けおりて、通用口から外に出た。まあ、そういったところだろう。まったくそのとおりだとは言えないが、そのときはそうとしか考えられなかった。

おれがそう推測するまでに、保安官はこんな結論を出していた。ヒーリーは女をナイフで刺した。そのあと、女はヒーリーの背中の十平方インチ（約六十五平方センチ）の範囲内に五発の銃弾を撃ち込んだ。心臓に約三インチの鋼鉄が刺さったままで。

保安官がそう言ったので、おれはそのまま放っておいた。連中は兄貴のことを知らなかったし、おれは連中の事件を複雑にしたくなかった。それに、どこからも邪魔されずに、例の丸めた札束を捜すチャンスが本当にほしかったのだ。

おれが車に戻ると、青のクライスラーが消えていた。それは重要なことではないが、町じゅうの人間がホテルにいるか、そこへ向かっているようなときに、誰がそこから遠ざかろうとするのだろうと不思議に思ったのだ。

駅ではたいした情報は得られなかった。駅員は勤務に就いたばかりだと言った。電信係は昼間のあいだ勤務していたが、夕食に出ていた。おれは通りのむこうの食堂で電信係を見つけた。ユタ州ソルト・レイクから来た午後の列車を五、六人の乗客がおりたと言った。しかし、例の女は一人きりだったし、三、四人の町民以外、ほかの乗客が誰なのかわからないという。それだけでは何の役にも立たない。

列車が着いたときに駅にいたほかの人間を見つけようとしたが、ついていなかった。誰も覚えていなかったのだ。

車に戻ると、青のクライスラーのことをまた考えた。ミス・マッケイが列車でソルト・レイクから来て、ボーイフレンドか兄貴か何かが車で来たとも考えられる。とくに実際的だとは思えないが、そういう考えだったのだ。もしかしたら、二人は一緒に旅をしているところを見られたくなかったか何かなのかもしれない。

見つけられるすべての自動車修理工場やガソリン・スタンドに立ち寄ったが、例のクライスラーに関する情報は得られなかった。ホテルに戻って、宿泊者名簿を見ると、ミス・マッケイはシカゴを現住所と書いていた。三十分ほどそこでぶらぶらして、保安官やフロント係やしゃべりそうな人間を話をしたが、さらなる手がかりは得られなかった。

ヒーリーとミス・マッケイが二人ともシカゴ出身らしいので、保安官はシカゴに電報を打ったと言った。そして、ヒーリーの古いコートのポケットでシカゴの弁護士からの手紙を見つけたという。その手紙の内容は離婚に関するもので、保安官はミス・マッケイがミセズ・ヒーリーではないかと思っていた。

おれはホテルのレストランでサンドウィッチとパイを食べると、荷物をまとめ、外に出て、車に乗り、LAへ向かった。

火曜の朝十一時頃まで起きなかった。自分の部屋で朝食をとってから、シカゴの連絡係に電報を打って、ミス・マッケイとその兄貴についてあらゆる情報を送ってほしいと頼んだ。フロント係に電話をかけて、ガードの部屋番号を聞き出し、外に出かけるときにガードの部屋に立ち寄った。

ガードはナイトシャツ姿で窓際にすわって、朝刊を読んでいた。おれはすわると、休暇をいかに楽しんでいるのか尋ねてみた。彼は大いに楽しんでいると言って、こう付け加えた。「新聞によると、おれたちの知り合いであるヒーリーが事故に遭ったらしいな」

おれはうなずいた。

ガードはほくそえんだ。「つっつっつっ、女房の心はひどく傷つくだろうな」

おれは少しにこっと笑って言った。「ああ、そうだな」すると、ガードは顔をあげて言った。「どうしてにやにやしてるんだ？　それに〝ああ、そうだな〟とはどういう意味なんだ？」

おれは言った。「おれの読んだ新聞によると、ミセズ・ヒーリーはヒーリーを殺した女だということだ。棺桶にはいって東のほうに戻っていく女だよ」

ガードは理知的な顔で首を横に振って言った。「それはないな。その女は予想外の登場人物だ。ミセズ・ヒーリーは生きていて、ぴんぴんしている。神様がお造りになったもっとも魅力的な美女の一人なんだ」

ガードが夢心地になりそうだとわかったので、おれは待った。すると、ガードはずっと前からミセズ・ヒーリーが東部にある彼の探偵社の本社の依頼人だったことを話した。月曜日の朝に彼女がシカゴから飛行機でやって来て、ガードは本社で彼女に会ったと言った。そのあと、彼女の目の色とか髪型とかあらゆることについて五分から十分しゃべり続けた。

ガードはかなり女好きだった。彼の身ぶりや手ぶりがそれを物語っていた。賞讃の詩を吟じる合間に、ガードはミセズ・ヒーリーが亭主と何らかのトラブルを抱えていたらしいという情報を付け加えた。その二人は別れたが、彼女はいろいろな問題を解決したいと思った。そういうわけで、彼女は亭主の居所を見つけてほしいと、ガードの探偵社のソルト・レイク支社に電報を送ったのだ。その支社がヒーリーを見つけると、まもなくそいつはLAにずらかった。すると、探偵社はその旨《むね》をシカゴにいる彼女へ電報で知らせた。ヒーリーがネヴァダ州カリエンテで目撃された朝に、彼女はLAに到着して、LAでヒーリーを待つことにした。

ガードは彼女がアパートメントを見つけるのを手伝ったと言った。探偵社が彼女に電話をかけて、亭主に関する訃報をすでに伝えているんだろうと、ガードは思っていた。彼はしばらく考えている振りをしてから、これから彼女のアパートメントへ行って、何かの力になることがないか確かめるべきだとは思わないかと、おれに尋ねた。悲嘆にくれる喪中の彼女を慰めるという言葉を彼は使った。

おれは言った。「もちろんだ。二人で行こう」

ガードはその提案にそれほど乗り気がなかったが、おれがヒーリーと親しい仲だったと話すと、承諾してくれた。

おれたちは二人で行った。

ミセズ・ヒーリーはガードの熱心な描写から想像していたよりもずっと美人だった。じつのところ、絶世の美女だった。肌の色が濃く、紺色の目に、藍色に近い黒髪をしていた。衣服は仕立てがやけによくて、声は優雅で、低かった。彼女はガードの半ば口ごもった紹介を受けて、頭をおれのほうへ向け、おれたち二人に椅子を勧めた。そのとき、彼女がずっと泣いていたことに気づいた。

ガードは彼女がアパートメントを見つけるときに、かなり手伝った。ケンモア・アヴェニューの〈ガーデン・コート〉にある大きくて豪華な二層型アパートメントだった。

彼女はガードにほほえみかけた。「わざわざ訪ねてきてくださるなんて、とてもご親切な方々ですね」

今回こういう事態になりまして、非常にわたしたちがお気の毒に感じていることをお伝えしたかったのですと、おれは言った。デトロイトではヒーリーを知っていたとか、何かできることがあれば何でもおっしゃってくださいとか、そういった類《たぐ》いのことを話した。

ほかに言うことはあまりなかった。それで、ほかにあまり言わなかった。

昨晩は電話を何度もかけて、あなたをとても煩わせたことを赦《ゆる》してくださいなと、彼女はガードに頼んだ。しかし、神経質になり、そわそわして、探偵社が閉まったあとに主人がLAに到着したかもしれないのに、何も知らせてくださらないとずっと考えていましたの。もちろん、探偵さんたちは発着する列車に気を配っていたのでしょうね。

気にしてませんとガードは言い、赤面して、さらに口ごもった。彼は彼女に魅了されていた。おれもそうだった。彼女はすごい別嬪《べっぴん》だったのだ。

彼女はカリフォーニアにとどまろうかと考えていると言った。主人の遺体をデトロイトにいる彼の遺族に搬送してもらうように手配しましたと、上品に話した。

もうおいとましたほうがいいでしょうと、おれはついに言った。ガードがうなずいて、おれたちは立ちあがった。おれたちが来たことで彼女はまた礼を言い、メイドがおれたちにコートを着せてくれたあと、おれたちはそこをあとにした。

ガードがダウンタウンへ行く必要があると言ったので、おれはタクシーに乗り、ホテルに戻った。シカゴから電報が届いていた。

『ジュエル・マッケイ、強要罪で二度有罪。夫のアーサー・レインズ、別名J・L・マックスウェルと共同犯行。水曜にシカゴからロスアンジェルスへレインズと行く。マッケイの特徴、四フィート十一、百二ポンド、金髪、灰色の目。レインズの特徴、五フィート六、百二十五ポンド、赤毛、茶色の目。サウス・ブレアにある弟ウィリアム・レインズの不動産屋を通して居所を捜し出せる可能性あり。よろしく、エド』

おれは電話帳でウィリアム・レインズの不動産屋の番地を見つけると、タクシーに乗って、そこへ行き、店の表をざっと見た。入店はしなかった。そのあと、運転手にベヴァリー・ブルヴァードの〈セルウィン・アパートメンツ〉へ行くように指示した。

電話帳でレインズの住居として明記してある場所だ。

〈セルウィン〉のガレージで働く東欧出身の係員とスパーク・プラグについて意味不明の話を三十分ほどしたあと、ミスター・レインズがもう一人の男性と一緒に十時頃に出かけたことのほか、ミスター・レインズがどういう容姿の男なのか、どんな車を運転しているのかを突きとめた。レインズと一緒にいた男性は背が高かったかもしれないし、低かったかもしれないし、女性だったかもしれない。その東欧男は確かではなかった。

おれはタクシーを狭い通りの適当な場所まで行かせると、反対側の角にあるドラッグストアにはいり、コカコーラを飲んだ。五杯目のコカコーラを飲んでいるときに、捜している車が〈セルウィン〉の前にとまった。弟だと思われる中肉で中年の男が運転席側からおりて、アパートメント・ハウスにはいった。もう一人の男は運転席に移り、ベヴァリー・ブルヴァードを西のほうへ向かった。それまでに、おれはタクシーに戻って、その男のあとを追った。

もちろん、その男がアーサー・レインズだとは確信していなかった。小柄な男だった。一か八か賭けるしかなかったのだ。

タクシーで追うと、その車はベヴァリーからウェスタン・アヴェニューまで行き、ウェスタンを北上した。青のクライスラーはどうなったんだろうと、おれは不審に思った。そして、交差点の前でレインズの車のすぐうしろまで近づいたとき、もう少しで窓から転がり落ちるところだった。すぐ前の車に乗っている男が振り向いて、うしろを見た。おれたちは五秒ほど顔を見合わせた。

その男を前にも見たことがあるぞ！　昨夜カリエンテの〈パイン・ホテル〉のミス・マッケイの部屋で見た男だ！　そいつは保安官と一緒に部屋になだれ込んだ多くの野次馬の一人で、立ったまま、「ああ」とか「おお」とか言っていた。この男には度胸がある。ヒーリーとあの女がまだ冷たくなっていないときに、自分がどれほど見事な仕事をやり遂げたのか確かめに、部屋にはいってきたのだ。

信号ベルが鳴り、信号が変わることを知らせた。そいつもおれの顔を思い出したことがわかって、蝙蝠《こうもり》が地獄から飛び出すように、そいつの車がその交差点を猛スピードで抜けて、ウェスタンをファウンテン・アヴェニューまで走った。

そいつはファウンテンでおれたちを巻いた。おれは父親のように運転手に話しかけた。ひざまずいて、あの車を見失わないように懇願した。考えられるかぎりのポルトガル語の愛称で運転手に呼びかけ、新しい愛称をいくつか作りもしたが、アーサー・レインズはファウンテンでおれたちから逃げ切った。

ホテルに戻る途中で、〈自動車クラブ〉のハリウッド支部に寄って、友人にあいつの車のライセンス・ナンバーを調べてもらった。もちろん、弟名義で弟所有の車だった。それだけでは何の足しにもならない。おれに目をつけられたことを知った今となっては、アーサー・レインズは弟のもとに戻らないだろう。あの車をそれほど長く使うことはないだろうと推測した。

あいつはおれが何を望んでいるのか知らない。おれのことをデカだと思って、LAから、この国からずらかるかもしれない。おれはホテルの部屋で椅子にすわって、くよくよと考え事をした。あいつが〈セルウィン〉の前で弟をおろしたときに、あいつに直接会いにいかなかったおれは何という間抜けだろうとか、自動車と比べると、タクシーのスピードは遅いとか、そういう類《たぐ》いのことを考えたのだ。おれに関しては、ヒーリー事案はもう終了したように思えた。

五時頃に外に出て、散歩した。ハリウッド・ブルヴァードの片側の歩道をブロンスン・アヴェニューまで行くと、その反対側の歩道をヴァイン・ストリートまで戻り、むかしていた。そういう気持ちを抑え込む最善の方法は、ドライヴに出かけることだ。〈Uドライヴ〉の店へはいって、また車を借りた。おれはいらいら、ぴりぴり、むか
カウェンガ峠道をずっと遠くのほうまで走ると、ある考えが閃き、〈セルウィン・アパートメンツ〉へ車で行った。それはまったくよい考えではなかった。ウィリアム・レインズはおれを階上にあげてくれと、フロント係に命じた。ウィリアムは何の用かとおれに尋ねると、笑みを浮かべて、飲み物を勧めた。

双方にとって大いに利益になる取引について、あなたの兄さんと連絡を取りたいと、おれは言った。兄はシカゴにいて、この二年間は顔を合わせていないと、ウィリアムは言った。あんたは嘘つき野郎だとは、おれは言わなかった。そう言っても、何の役にも立たないだろう。おれは礼を言って、自分の車に戻った。

車でLAへ戻って、中華料理屋でディナーを食べた。そして、サンタフェ鉄道の駅へ行って、列車の発車時刻を調べた。翌日ニューヨークに戻ろうかと思ったのだ。

ハリウッドに戻る途中で、〈ガーデン・コート〉の前を通りすぎた。特別の理由があったわけではないが、ミセズ・ヒーリーのことを考えたし、それほど遠まわりではない。

青のクライスラーが通りをはさんで、そのアパートメントの入口の真正面に駐車していた。

おれは通りを少し行ったところに駐車すると、車をおりて、そのクライスラーに近づき、確かめた。マッチに火をつけて、ステアリング・コラムについた車輌登録証明書を見た。その車はダウンタウンのサウス・ホープ・ストリートにある〈Uドライヴ〉の別の営業所に登録してあった。

通りを横切って、つんとすました高慢ちきな姿勢で、フロント・デスクの横を通りすぎた。ラテン系のエレヴェーター・ボーイはおれがその手に握らせた四つ折りの紙幣を見もしなかった。そいつは照れくさそうににやっと笑うと、小柄な赤毛の男が二分ほど前に四階にあがったところです、と言った。ミセズ・ヒーリーは四階に住んでいて、一つの階につきアパートメントは三つしかない。

おれは彼女のアパートメントのドアの前で耳をすましたが、早口の会話のような理解不明の雑音しか聞こえなかった。ドアノブをすごくゆっくりとまわして、体重を少しドアにかけた。施錠されていた。廊下の端まで行き、できるだけ音を立てないように外部非常階段の踊り場に続く両開きのドアの外に出た。片手で手すりをつかみながら、上体を窓のほうへ傾けた。ミセズ・ヒーリーのアパートメントのダイニングルームの内部が見えた。そして、記憶では応接室であるはずの部屋のドアが二インチほど見えた。そのドアはしまっていた。

非常階段の手すりにぶらさがって、窓の中をのぞこうとするほど、自分のことを愚かに感じることはない。窓の中に何も見えないときはとくにそうだ。数分後、あきらめると、手すりを乗り越えて踊り場に戻った。

手すりに半分すわった格好で状況を考えてみた。ヒーリーを撃った男はミセズ・ヒーリーに何の用があるんだ？　レインズとジュエル・マッケイがヒーリーを脅迫しているネタにはミセズ・ヒーリーも関わっているのか？　レインズはカモからできるだけたくさんの金を絞り取っているのか？　おれには不可解すぎた。

廊下に戻り、またドアの前で耳をそばだてた。少し声が大きかったが、おれの役に立つほどには大きくなかった。廊下の角を曲がって、キッチンと思《おぼ》しき部屋のドアへ行き、ノブをゆっくりと捻《ひね》ると、ドアがあいた。非常階段で時間を浪費していた自分を頭の中で蹴り飛ばして、抜き足差し足で暗いキッチンにはいり、ドアをしめた。

もし誰かがはいってきたら、まずい状況に立たされることに気がついた。おれはここでいったい何をしているのだ？　ミセズ・ヒーリーの安全を守るという曖昧《あいまい》な理由を思いついて自分を納得させた。そして、非常階段からのぞいていた部屋に続くドアに近づいた。

応接室に続くドアは、そこにはないほうがいいような板紙製だった。まず聞こえたのは、誰かが手でほかの誰かの頰をひっぱたいたときのような、くぐもった小さな金切り声のあと、家具のようなものが倒れた音だった。誰かがそこで静かに争っていると思った。もしくは、できるだけ静かに。

自分が正しいことをしているかどうか考えている時間はない。考えているとしたら、たぶん正しくはないのだろう。ノブを捻って、ドアを大きくあけた。

ミセズ・ヒーリーはむこうの壁際に立っていた。片手を口に当てたまま、体を壁にぴったりとくっつけて、立っていたのだ。その目はやけに大きく開いていた。

中央テーブル近くの床の上で、二人の男が取っ組み合いをしていた。おれが部屋にはいると、二人はくるっと体勢を入れ替え、その一人が体を離して立ちあがった。アーサー・レインズだった。テーブルのむこう側の床に落ちているニッケルめっきのリヴォルヴァー銃に飛びついた。両膝を床につけて起きあがったもう一人の男も、それに飛びついた。そのもう一人の男はガードだった。

ガードが一瞬の差でレインズに勝ったが、レインズは両脚で立っていた。ガードの手からその拳銃を部屋のむこうへ蹴り飛ばした。ガードはレインズの脚をつかんで、引き倒した。二人は一緒にぐるぐると何度も転げまわった。二人はやけに静かに取っ組み合っていた。荒い息づかいとときおりの衝突音しか聞こえなかった。

おれは二人に近づくと、拳銃をつかみあげて、からみ合った腕と脚の塊の上に体を寄せた。レインズの赤毛をつかみ、拳銃の銃身を握った。狙いを定めて、レインズの耳のうしろを拳銃の台尻で殴った。そいつは体の力を緩《ゆる》めた。

ガードがゆっくりと立ちあがった。指先を髪のあいだに走らせ、両肩を揺らして、コートの着こなしを整えると、馬鹿みたいににやっと笑った。

おれは言った。「ここであんたに会えて嬉しいよ」

そして、うしろを向いて、ミセズ・ヒーリーを見た。彼女はまだ片手を口に当てたまま、体を壁にぴったりとくっつけて立っていた。そのとき、天井がおれの頭の上に落ちてきて、まさに突然、何もかもが暗くなった。

目をあけたとき、あたりはまだ暗闇だったが、窓枠は見えたし、誰かがどこか近くで呼吸している音が聞こえた。どれだけ長く意識を失っていたのかわからない。起きあがると、頭が破裂しそうな感じだった。また横になって、目を閉じた。

しばらくして、もう一度起きあがると、少しましだった。ドアと思しきところへ這っていくと、壁にぶち当たった。立ちあがり、電燈のスウィッチを見つけるまで、壁の上を手探りした。

レインズはおれが殴ったのと同じ場所に横たわっていたが、両手と両脚は物干しロープで縛られていて、赤と白と青のシルク・ハンカチーフが口に押し込まれていた。その目はあいていて、苦笑いとしか呼べない表情でおれを見た。

ガードはダイニングルームに続くドアの近くの床で腹を下にして横たわっていた。暗闇の中で聞こえていた荒い息づかいの張本人だ。まだ意識を失っていた。

おれはレインズの猿ぐつわを解き、すわった。頭が破裂しそうな感じをずっと覚えた。やけに不快な感じだった。

しばらくしてから、あごをなめらかに動かせるように準備をして、レインズがしゃべり始めた。最初に言った言葉はこうだった。「おまえさんはやけに利口になったもんだな！」おれは気分があまりにも悪かったので、その意味をそれほど知りたくもなかったし、気にもとめなかった。

レインズはそういう調子でしばらく甲高いきいきい声でしゃべり続けた。大きな風船型の痛みの塊になったおれの頭の中に、そいつの話の内容がだんだんと染み込んできた。

レインズとジュエルはヒーリーを素敵な立場に誘い込んだようだ。企みの一つとして、寛容なときのヒーリーにミセズ・ヒーリーのことをすっかり忘れさせて、ジュエル・マッケイと結婚させた。そのほかたくさんのネタがある。女性を売春目的で一つの州から他の州へ移送することを禁じたマン法とか、その他もろもろの違法行為とか、何から何まで揃っていた。ヒーリーがケベックで十五万ドルの金を騙し取ったとき、二人はシカゴでヒーリーに狙いを定めた。

ヒーリーはシカゴから姿を消し、二人はそのあとを追って、まずユタ州のソルト・レイク、そしてネヴァダ州のカリエンテへ向かった。ヒーリーがおれに話したとおり、月曜の夜レインズはジュエルにホテルでヒーリーを騙す演技をさせた。

レインズはジュエルと一緒に列車をおりなかったし、一緒にホテルにチェックインしなかった。何かまずいことが起こった場合に備えて、一緒にいるところを目撃されたくなかったからだが、手頃な裏階段から姿を消した。それに、レインズとジュエルはヒーリーを騙す演技を見せ、ヒーリーが陥《おちい》った状況の種類や深刻さを説明した。

そのあと、ヒーリーがおれの部屋に来たとき、ヒーリーがずらかろうとした場合に備えて、レインズは階下におり、通りのむこう側に陣取った。

レインズがそこに陣取って五分もしないうちに、ミセズ・ヒーリーと一人の男が青のクライスラーでやって来た。レインズはミセズ・ヒーリーに見覚えがあった。ミセズ・ヒーリーはかつてシカゴでヒーリーがミス・ジュエル・マッケイとレインズと一緒にいる場面を見かけて、ジュエルの頭をビールびんで殴ったからだ。ミセズ・ヒーリーはなかなかおしとやかな女性のようだ。

ミセズ・ヒーリーと男はホテルの前に駐車し、男はホテルにはいった。たぶん葉巻を買って、宿泊者名簿をのぞくためだろう。約一分後、この男がホテルから出てきて、しばらくミセズ・ヒーリーと話をしてから、通用口に続く短い横丁にはいった。一分ほどしかそこにはいなかった。たぶん、ホテルには通用口からはいったほうが実用的であることを突きとめ、戻ってきて、ミセズ・ヒーリーに話したのだろう。

レインズの話を聞いているうちに、そいつがミセズ・ヒーリーと一緒にいた男のことを〝この男〟だと呼んだことに気がついた。おれは目をあげてレインズを見ると、そいつはガードに目を向けていた。

ミセズ・ヒーリーがその横丁からホテルにはいるあいだ、ガードは車の中にとどまっていた。約二分後、ガードは神経質になり、車をおりて通りを少し歩いた。レインズは通りを横切り、どういう状況なのか確かめるために、階上にあがった。おれがチェックアウトをしている頃だったにちがいない。

ガードは通りのむこう側を歩いていたが、おれがホテルから出てきて、ガードのクライスラーを動かし、おれ自身の車に乗るところが見えた。ホテルの階上で騒ぎが起こり、おれがホテルに駆け込むまで、ガードはホテルに近づかなかった。

レインズはそこで話をしばらく中断した。おれは立ちあがると、ガードに近づき、体を仰向けた。ガードは呻《うめ》き、目をあけると、おれを見て目をぱちくりさせた。そして、ゆっくりと起きあがり、壁にもたれた。

レインズによると、ミセズ・ヒーリーはヒーリーの部屋のドアをあけようとしたにちがいないが、ヒーリーがおれの部屋を出て、中央階段をあがってくると、角に隠れて、ヒーリーがジュエルの部屋にはいるのを見た。それまでに、レインズが裏階段をのぼりきっていて、ミセズ・ヒーリーがハンドバッグから拳銃を取り出し、ジュエルのドアに近づき、前で耳をすましている姿を見た。ヒーリーがジュエルをナイフで刺したあと、そのドアをあけると、ミセズ・ヒーリーはヒーリーをジュエルの部屋に戻らせ、ドアをしめた。レインズによると、たぶんミセズ・ヒーリーはヒーリーに関するいくつかの真実を話したのだろう。そして、騙し取った十五万ドルの残り金を受け取ったあと、三八口径で撃ち殺した。

ミセズ・ヒーリーにとっては格好の場所だった。ジュエルが心臓にナイフが刺さったまま、その場にいたのだ。ミセズ・ヒーリーはヒーリーに離婚を申し立てられる前に、初めから亭主を殺すつもりだったと、レインズは考えていたらしい。ヒーリーがシカゴを出る前に、ミセズ・ヒーリーが亭主のおれを殺すつもりであることを断言したと、ヒーリーが言っていたそうだ。なかなかおしとやかな女性だ、ミセズ・ヒーリーは。淑女そのものだ。

ミセズ・ヒーリーは階段でレインズの手から逃れ、レインズは彼女を車の前まで追いかけた。しかし、それまでにガードは車に戻り、エンジンをかけていて、彼女と一緒に大急ぎで走り去った。そのあと、レインズは保安官たちと一緒に階上に戻って、現場をのぞいた。そのときに、おれはそいつの姿を見たのだ。

レインズは夜行列車でＬＡへ戻った。火曜には一日かけて、ミセズ・ヒーリーの居所を突きとめた。大事な金の分け前をもらおうと、ミセズ・ヒーリーとガードをゆすった。そして、おれが到着する直前に、ガードはレインズとレスリングごっこを始めたわけだ。

レインズが思っていたことをすべて口から吐き出し終わった頃、ガードは口をあけたまま、両手を動かしながら、まっすぐ起きあがった。例の物思いに沈んだ間抜けそうな表情はまるで何か言いたげに見えた。レインズが息をつぐために話を中断すると、ガードがこう言った。ミセズ・ヒーリーがカリエンテまで車で送ってほしいと説得したんだ。神経質になりすぎて、ＬＡでヒーリーを待っていられないと彼女が言ったからだ、と。ヒーリーに会って、二人の関係を修復する必要があるの。そうしないと、ノイローゼか何かになってしまうわ、と彼女が言うと、ガードは——大馬鹿野郎め——すっかり信じ込んだのだ。

銃撃が始まったときに、世界で一番びっくりしたのは自分だ、とガードは言った。

彼女が階段を駆けおりてきて、二人でＬＡへ逃げるとき、彼女はジュエルがヒーリーの体に銃弾で風穴をあけている場面に出くわした。彼女がそこから逃げるときに、ジュエルに拳銃で命を狙われたのよと言った。ガードはその言葉も信じ込んだ。彼女はその可哀想な間抜け野郎をすっかり魅了したのだ。

もちろん、ガードはおれがカリエンテにいることを知っていた。そこでおれの姿を見ていた。それで、おれが朝にガードの部屋に行ったとき、おれがこの状況について何かを知っていると思って、おれを彼女のアパートメントに連れていったのだ。〝悲嘆にくれている喪中の彼女を慰める〟芝居をおれの前で見せるためだった。そして、火曜の夜、おれが脅迫場面に出くわし、その邪魔をして、レインズを殴り倒したときに、ガードはレインズがミセズ・ヒーリーに話した内容をたっぷりと聞いて、半ば信じたので、自分の取るべき最善の行動は、彼女と一緒に逃げることだと考えた。ガードは共犯罪を逃れるには事件に関わりすぎているので、ブックエンドでおれを殴り、ミセズ・ヒーリーと二人でレインズを縛りあげた。今、そのレインズは意識を回復してきた。ガードは彼女の荷作りを手伝った。その二人はニュージーランドかどこか静かな場所へ高飛びするつもりだった。だが、最後の最後の瞬間に、彼女はガードのうしろからこっそり忍び寄って、鈍器で殴り倒したのだ。

そのとき、おれたち三人――おれとレインズとガード――は話をやめて、お互いに顔を見合わせた。

ガードが笑った。細めた目でおれを見て、言った。「おれがブックエンドで殴ったとき、おまえは馬鹿に見えたぜ」

レインズが言った。「おれたちのガールフレンドが一発喰らわせたとき、おまえはとくに知性的には見えなかったな」

ガードはにたにたと笑ったあと、急に立ちあがって、水を飲むためにキッチンへ行った。そこで酒びんを見つけた。ホワイトホースの五分の一ガロン（約七百六十ミリリットル）で、ほぼ新品だ。ガードがそれを持ってくると、おれはレインズのロープを解き、三人でウィスキーを飲んだ。

おれたちはなんておめでたいんだろうと、おれは思った。おれはレインズを気絶させ、ガードはおれを気絶させ、ミセズ・ヒーリーはガードを気絶させた。おれたち三人が気絶した。ワン、ツー、スリー。シカゴ・カブズの遊撃手ジョー・ティンカーがボールをつかんで、二塁手ジョニー・エヴァーズへ放り、そして、ボールは一塁手フランク・チャンスへ渡って、何度も鮮やかなダブル・プレイにしたが、これはそれ以上に見事だ。

おれたちは美貌のミセズ・ヒーリーにかなりやり込められたと思う。ガードは彼女とはこれ以上関わりたくはないような気がした。レインズのことはわからないが、おれは関わりたくない。

おれたちがウィスキーびんを空っぽにしたあと、レインズがアパートメントの中を捜しまわって新品のびんを見つけた。おれたちはそのびんにするべきこととしてやった。

翌朝になるまで、脳震盪《しんとう》を起こしたことに気がつかなかった。一日二十ドルの入院費で一週間と二日間入院した。医者はおれから二百五十ドルを巻きあげた。おれを見つけたら、医療費の残りをひったくるだろう。

このヒーリー事件全体は、いろいろな事柄を含めて、一千ドルあたりの費用がかかった。そして、凹《へこ》んだ頭蓋骨とほんの少しの楽しい時間を得た。

この案件にはこれ以上深入りせずにパスしよう。

青の殺人
Murder in Blue

コールマンが言った。「8番ボールをコーナーに」球が球に軽く当たる小さい音がして、黒い8番ボールがコールマンの指定したコーナー・ポケットに落ちると、もっと鋭い音が聞こえた。

コールマンはキューをラックにかけた。鮮やかなストライプ柄のシルクシャツのまくりあげた袖をおろすと、コートを着込んで、パールグレイのヴェロアの帽子をかぶった。隣のテーブルにだらっともたれている青白い顔の太った男に近づいて、その男の伸ばした手から新しい百ドル紙幣を二枚奪い取ると、相手をしていた細身でにきび面の若者をちらっと見て、かすかに笑みを浮かべながら、「じゃあ、またな」と言って、ドアのほうへ向かい、通りに出た。

通りの反対側にとまっているカーテン付きのツードア乗用車から突然轟音が聞こえ

た。四、五発の耳障りな銃声が続けざまに鳴り響いたのだ。白い閃光が黄昏《たそがれ》の通りで揺らめき、コールマンが膝から崩れた。一度うしろに傾いてから、顔から先に前に強く倒れ込んだ。グレイの帽子がゆっくりと歩道の上を転がった。乗用車は動いていて、コールマンがまったく動かなくなるまでに消えてしまった。そして、通りはやけに静かになった。

メイジー・デッカーはオレンジ色の口紅を塗った唇を曲げて、最高の〝お客様用〟の笑みを浮かべた。黒髪の若者が彼女のほうに差し出した小さい緑色のダンス券を受け取ると、その片隅をちぎって、残りを箱の投入口に入れた。その若者は腕を彼女の体に強くまわした。ヴァイオリンが溶けるような音を奏《かな》で、照明が薄暗くなると、二人は混み合ったフロアで踊りまわった。

彼女は頭をうしろに反らし、ひげを剃ったばかりの彼のなめらかなあごの近くに、明るい色の唇を寄せた。

彼女がささやいた。「わあ、あなたが来てくれるとは思わなかったわ」

男は首を少し捻《ひね》って、彼女ににこっと笑いかけた。

彼女は男の顔を見ずに、また話した。「きのうの夜は一時まであなたを待ってたのよ」そして、しばらくためらってから、早口で続けた。「あらっ、あたしって、あなたのことを何年も知ってるみたいに振る舞ってるわね。知り合って二日しかたってないのに。あたしって、なんて間抜けなことを言ってるのかしら！」彼女は面白くなさそうにくすくす笑った。

男は答えなかった。

音楽は金管楽器のクレッシェンドで終わった。その二人はほかの百組ほどのカップルと一緒に立ったまま、反射的に拍手した。

彼女が言った。「わあ、あたし、ワルツが大好きなの！　あなたは？」

男は短くうなずいた。オーケストラが唸るようなフォックストロット用のダンス曲を大音量で始めると、男は彼女の体に腕をまわし、くるっくるっとまわりながら、二人はフロアのむこう端へ向かった。

「ここから出ようぜ」男は口をきつく閉じたまま、色白の顔に笑みを浮かべた。大きな目は半ば閉じていた。

彼女が言った。「いいわ、支配人に見られないように、外に出ましょう。あたし、十一時まで働いてることになってるから」

二人は小さい回転式改札機の前で別れた。男は一時預り所で帽子とコートを受け取り、階下《した》におりると、通りのむこう側の駐車場で自分の車に乗った。

彼女が出てくるまでに、男は店の入口の前に二重駐車していた。男が警笛を鳴らし、助手席側のドアをあけると、彼女が息を切らしながら駆け出てきて、車に乗り、男の隣にすわった。彼女は目をやけに明るく輝かせて、少しヒステリカルに笑った。「支配人に見られたけど」彼女が言った。「でも、体調がすぐれないって言ったの。それで、うまくいったわ」彼女が男のそばにすり寄ると、男は車をシクスス・ストリートに向けた。「わあ、すごく素敵な車ね！」

男は同意を表わす唸り声を出した。車がシクスス・ストリートを一ブロックほど走るまで、二人は無言だった。

フィゲロア・ストリートを北に曲がると、彼女が言った。「どうして窓のカーテンをしめてるの？　こんなに素晴らしい夜なのに？」

男は彼女に煙草を勧め、自分で喫《す》うために一本の煙草に火をつけると、心地よさそうに座席の背にもたれた。

男が言った。「雨が降ると思う」

左右の道路はやけに暗かった。一本の大きいコショウボクの樹が、空に広がるかすかな明かりを遮《さえぎ》っていた。

メイジー・デッカーがそっとしゃべった。「アンジェロ、アンジェロ。素敵な名前ね。エンジェルみたいに聞こえるわ」

肌の浅黒い若者の顔はダッシュボードの細い一条の光の中で強張《こわば》った。帽子をすでに脱いでいる男のてかてか光る黒髪は金属製の縁なし帽子のようだった。手指で片耳を撫で、ヘアオイルを塗った黒髪を撫でた。そして、その手をおろすと、揺らしながらコートの内側にすべり込ませた。もう一方の腕は彼女の体にまわしたままだ。

男が手をコートの暗い内側から出すと、明るい金属片が一瞬明るい閃光を放った。

「なんてこと!」と彼女が言って、ゆっくりと両手を乳房のほうへあげて……

男は彼女の体の前に上体を乗り出し、助手席のドアを押しあけた。彼女の上体がそのドアのほうへ傾くと、男はそっと彼女の体を押し出した。彼女の上体は斜めになり、ドアのむこうへひっくり返って、道路のそばに広がる落ち葉の上にそっと落ちた。彼女が荒い息づかいと「ああ!」という震え声を口から放つと、男はスターターを押し、エンジンが轟いた。そして、ドアをしめて、注意深く帽子をかぶり、ギアを変えて、ゆっくりとクラッチをつないだ。

未鋪装道路の暗闇から高速道路に出ると、片手をサイド・ウィンドウのカーテンの隙間に入れて、取り外し、ハンドルのほうへ上体を近づけた。

雨が少し降ってきた。

R・F・ウィンフィールドは片方の長い脚を伸ばして、足先を近くの革張りの椅子の上にのせた。金髪女が立ちあがり、おぼつかない足取りで蓄音機のほうへ歩いた。その蓄音機は大型振り子時計のように見え、買ったときの値段は数千ドルしたが、〝フォノグラフ〟という呼称が示す〝音を記録〟する機能がなくなった頃には、もう壊れていそうなものなのに、まだ動いている。

金髪女は小さい停止器の梃《てこ》を動かした。そして、レコード盤を持ちあげて、虚ろな目で裏面を見つめた。

女が言った。「〝ミニー・ザ・ムーチャー〟だって。聞きたい？」

ウィンフィールドが言った。「ああ」彼は氷と琥珀《こはく》色の液体がはいったグラスを口に当てて傾け、空《から》にした。立ちあがり、細い臑《すね》にまとわりついたやけに青いドレッシング・ガウンを整えた。頭をあげて、バスルームに続く短い廊下を歩き、ドアをあけて、中にはいった。

温水がうるさい音を立てて、大きく青の陶製浴槽に流れ落ちた。片手でシャワーの水栓部分を持って体を支え、温水をとめると、ドレッシング・ガウンを脱いで、浴槽にはいった。

金髪女の声が少しあいたドアのむこうから冷たい金属のように聞こえた。

「あいつはあの子をチャイナタウンへ連れていき、そこでアヘンの吸い方を教えたのさ」

ウィンフィールドはドレッシング・ガウンのポケットの中に手を伸ばし、煙草とマッチをつかみ出した。煙草に火をつけて、浴槽の内面にゆったりと上体をあずけて、ため息をついた。その日焼けした細長い顔は満足感に浸っていた。あごを動かしてから、自動的に片手をあげて、上の入れ歯を外し、半月型の輝く歯を浴槽のそばの洗面台に置いて、舌をくっきりと目立つ分厚い唇の上に走らせ、またため息をついた。温かい湯水は柔らかく、体を癒《いや》してくれた。気持ちがすごくよかった。

ブザーの音が聞こえた。そして、金髪女がよろよろと廊下を歩き、バスルームの前を通り、アパートメントの玄関ドアへ向かう足音が聞こえた。耳をすましたが、話し声は聞こえなかった。ドアがあいて、しまる音しか聞こえなかった。その静寂は蓄音機からの〝ハイ・ディ・ホー・オー、ミニー〟というかすかな声で破られた。

やがて、バスルームのドアがゆっくりと開き、そこに立っている男の輪郭が暗い廊下に浮かびあがった。その男は帽子をかぶっていなかったので、電燈からの細長い一条の光が頭髪に反射して、湿った蒼白の肌を鈍く照らし出した。男はレインコートをベルトできつくしめ、両手はポケットに深く突っ込んでいた。

ウィンフィールドは浴槽の中で上体をまっすぐに起こし、「ハロー!」とためらいがちに言ってみた。疑り深そうに語尾をあげる抑揚《よくよう》をつけて、疑り深そうに目を上に向けてから瞬きをした。煙草が口の片隅からだらりとぶら下がっていた。

男はドア枠にもたれて、コートのポケットから短く分厚いオートマティック銃を取り出し、腰の高さでしっかりと握った。

ウィンフィールドは両手で浴槽の両側をつかみ、立ちあがりかけた。

オートマティック銃が二度火を吐いた。

ウィンフィールドは半分立ったまま、片手と片脚で浴槽の内面を五秒ほど押さえた。目は虚ろで、大きく見開いていた。やがて、頭をなめらかな青の陶製浴槽に休めたまま、ゆっくりと沈み、ゆっくりと温水の中にすべり落ちていった。煙草が閉じた口の片隅からまだぶら下がっていた。頭が湯の中に沈むと、煙草の火はじゅっと短く音を立てて消えた。

ドア口の男は向きを変えて、姿を消した。

温水の色が赤くなった。かすかに、蓄音機がささやいた。「ハイ・ディ・ホー……」

ドゥーリンはウェイターににやっと笑いかけた。「それに、卵は四分間茹《ゆ》でて、コーヒーにはクリームを入れないでくれ」

ウェイターは不機嫌に頭を縦に振り、スウィング・ドアのむこうに消えた。

ドゥーリンは新聞を広げ、漫画欄をあけた。隅から隅まで注意深く読み、音を立てて含み笑いをした。そして、第二面と第三面をカウンターの上で広げ、第二面の上から読み始めた。途中で、次の見出しを読んだ。『映画会社重役ウィンフィールド、愛人に殺害さる／第一面より続く』

第一面に戻ると、二段抜きのウィンフィールドの似顔絵を見つめて、併録の記事を読み、第二面にまた戻って、続きを読み終えた。そこには、ウィンフィールドの別の似顔絵と、女の挿し絵が載っていた。女の似顔絵の下の説明文にはこうあった。『有名映画女優で、ウィンフィールドの友人のエルマ・オシェイ・ダーモンドが、彼のアパートメントで見つかった。無意識状態で、手にはオートマティック銃を持っていた』

ドゥーリンは欠伸《あくび》をすると、新聞を横にどけて、ウェイターが運んできた卵とトーストとコーヒーを置く場所をつくった。卵をむさぼり食い、コーヒーを半分飲んだところで、第三面に興味を引く記事を見た。カップを下に置き、新聞に上体を寄せて、その記事を読んだ。『グレンデールで男性射殺さる。ギャンブラーだというH・J・コールマンが昨夜グレンデールの〈リリック撞球場《どうきゅうじょう》〉から出てきたところを撃ち殺された。謎の黒塗り乗用車から銃撃され、警察が現在その車を捜査中』

ドゥーリンは記事を最後まで読んで、コーヒーを飲み干した。すわったまま、カウンターのうしろの鏡に映る自分の姿を数分のあいだ無表情で見つめてから、立ちあがって、勘定を払い、晴れた朝の通りに出た。

ヒル・ストリートを早足で歩き、ファースト・ストリートを横切り、《ロスアンジェルス・ブレティン紙》の社屋へ行った。エレヴェーターで階上にあがると、口笛を吹いていた。
《ブレティン紙》のバックナンバーの中に捜していたものを見つけた。十二月十日号の地元欄の第一面にそれはあった。

ナイトクラブの虐殺
マシンガンが死をもたらすあいだ
映画俳優は身を隠していた

けさ未明、カルヴァー・シティー近くの有名キャバレー、〈ホットスポット〉が地元のギャング抗争における最悪の血なまぐさい殺戮《さつりく》現場になった。そのキャバレーの個室にマシンガンを持った四人の男が侵入してくると、デトロイトのパープル・ギャング一味のフランク・リッチオとエドワード・ホワイティー・コンロイと見られる二人の男性が瞬時に殺害された。リッチオとコンロイの同伴者である三人目の男性は重傷を負い、命を取りとめる可能性はきわめて低い。

ドゥーリンはその段を下までさっと読んだ。

著名な映画会社重役R・F・ウィンフィールドはその個室にいた一行の一人で、殺人犯たちを一人も確認できないと言った。彼によると、事件があまりにも急激に起こったので、何が起こったのか確信できないらしい。悪名高きギャングスターたちと同席していたのは、彼が担当する類《たぐ》いの映画を製作する上で、裏社会に関する直接的な情報を求めるためだと説明した。その一行にいたほかの同席者の名前は公表を控えて……

ドゥーリンは小見出しの下に記事の続きを読んだ。

「殺人犯たちがその個室にはいったとき、H・J・コールマンと同伴者のミス・メイジー・デッカーはそこへ続く廊下にいた。ミス・デッカーは犯人たちのうちの二人は確実に識別できると言った。近視のコールマンのほうは識別できないことが確実で……

一時間半後、ドゥーリンは《ブレティン紙》の社屋を出た。そのあいだ、十二月から一月半ばまでのバックナンバーを注意深く熟読した。それに、市民住所録や電話帳、ダン&ブラッドストリート大手企業情報サーヴィス、電話機を駆使したし、ほんの少し知っている事件記者から内部情報をうまく聞き出したのだ。

広い石段の上に立って、メモを書き殴った一枚の紙切れを見た。それにはこう書いてあった。

リッチオとコンロイを殺した犯人たちを識別できるかもしれない、個室と廊下にいた人たち――

ウィンフィールド。死亡。

コールマン。死亡。

マーサ・グレインジャー。女優。ニューヨークの舞台に出演中。

ベティー・クレイン。売春婦。一月四日に肺炎で死亡。
イザベル・ドリー。売春婦。エキストラ女優。銃声のあいだ泥酔状態だった。たぶん重要ではないかも。連絡取れず。
メイジー・デッカー。職業ダンサー。シクススとヒル・ストリートの〈ドリームランド〉に勤務。犯罪者写真台帳から殺人犯たちを識別できず。
ネルスン・ハロラン。遊び人。大金持ち。ウィンフィールドの友人。ウィンフィールドと同じアパートメント・ハウス、〈フォンテノイ〉に在住。

ドゥーリンはその紙を折って、折り目をつけた。それを人差し指のまわりにぼんやりと巻くと、階段をおりて、歩道を横切り、タクシーに近づいた。それに乗り、すわって、後部座席にもたれた。

運転手が後部座席とのあいだの仕切りガラスをあけて尋ねた。「どちらまで?」

ドゥーリンはぽかんと運転手を見つめてから、笑った。「ちょっと待ってくれ」と言って、膝の上に例の紙を広げた。ちびた鉛筆をポケットから取り出し、ゆっくりと、考え深く、初めの五人の名前の上に線を引いた。すると、メイジー・デッカーとネルスン・ハロランが残った。

上体を前に傾けて、運転手に話しかけた。「シクススとヒルの角にある〈ドリームランド〉は昼間あいてるかい？」

運転手はしばらく考えてから、首を横に振った。

ドゥーリンが言った。「わかった。じゃあ、ハリウッドのホイットリー・アヴェニューにある〈フォンテノイ・アパートメンツ〉だ」

ネルスン・ハロランは死神のように見えた。白い顔は極端に長く、幅が狭かった。鋭く尖ったあご先から、鋭く高い頬骨と深くくぼんだ目に、そして、高くて退化したような狭い額に続いていた。口は広くて、薄く、白い肌とは対照的に暗い色だった。髪は水の色をしていた。身長は六フィート三インチ（約百九十センチ）で、体重は百八十ポンド（約八十二キロ）あった。

自分のアパートメントのリヴィングルームで、かなりの詰め物をした椅子に半ば横たわったまま、日光の丸い点が壁の上を動くのを見つめていた。日よけがおりていて、アパートメントの中は薄暗かった。現代的家具と書籍と雑誌と新聞紙とびんが渾沌《こんとん》としていた。淡い色の壁には、いくつかの素晴らしい複製画が歪んでかかっていた。

ハロランはときおり長くて白い片手をものうげに口にやって、深く吸い込んだ紫煙《しえん》を太陽の光の中に吐き出した。

電話機が鳴ると、無意識に身震いし、横に体を傾けて、低いテーブルから受話器をつかみあげた。

しばらく耳を傾けてから言った。「あげてくれ」その声は非常に低かった。声にはやさしさがあった。それに冷たさもあり、やけに遠くから聞こえるものでもあった。

椅子にすわったまま、片手が体側のそば、ドレッシング・ガウンのひだのあいだに来るように、ほんの少し動いた。椅子の暗いうしろ隅にルガー銃があった。彼はドアのほうを向いていた。

ブザーの音が聞こえると、大声で言った。「はいってくれ」

ドアがあき、ドゥーリンが部屋に少しはいると、うしろ手にドアをしめた。

ハロランは何もしゃべらなかった。

ドゥーリンは立ったまま、薄明かりの中で瞬きをした。ハロランはドゥーリンを見つめながら、黙っていた。

ドゥーリンは三十歳前後で、中背だが、上半身全体が太くなる傾向にあった。顔は丸く、血色がよいほうで、青い目の間隔は広かった。衣服は体型にそれほどよく合っていなかった。

立ったまま、手に帽子を持っていた。ハロランが冷淡に「名前を聞いてなかったな」と言うまで、その顔には表情がなかった。

「ドゥーリンです。D・O・O・L・I・N」ドゥーリンは口をそれほど動かさずに話した。その声は愛想よく、母音にはほんの少しアイルランド訛りがあった。

ハロランは待った。

ドゥーリンが言った。「けさ新聞で二、三の記事を読んで、ある考えが浮かんだんです。《ブレティン紙》の社屋へ行って、その考えについて検討すると、あなたが非常に危険な状況にいるという結論に達したんですよ」

ハロランは煙草を一服喫い、ドゥーリンを虚ろな目で見つめて、待った。ドゥーリンも待った。二人とも黙ったまま、一分以上見つめ合った。ドゥーリンの目は満足感で輝いていた。

ハロランがついに言った。「失礼な態度を取って、きまりが悪いね」しばらくためらった。「すわってくれ」

ドゥーリンは壁際にある幅の広いスティールとキャンヴァスでできた椅子の縁に腰かけた。帽子を床に落とし、上体を前に乗り出して、両肘を両膝に置いた。日光の小さい円形が彼の頭上の壁面をゆっくりと動いた。

ハロランは煙草の火を揉み消すと、少し体の位置を変えて言った。「続けてくれ」

「新聞を読まれましたか？」ドゥーリンはセロハン紙に包まれた葉巻をポケットから出して、包装紙を破り、歯のあいだに葉巻をくわえた。

頭を一インチの数分の一動かしただけでも〝うなずき〟と呼ぶのなら、ハロランはうなずいた。

ドゥーリンは葉巻をくわえたまま、しゃべった。「誰がロッチオとコンロイを消したんですか？」

ハロランは笑った。

ドゥーリンは口から葉巻を離した。やけに真面目に言った。「よく聞いてくださいよ。昨夜、ウィンフィールドが殺されました。そして、コールマンも。次はあなたです。犯人たちがどうしてそれほど長く待ったのかわかりませんがね。もしかしたら、逮捕した二人の男の裁判が来週開かれるからかも……」

ハロランの顔は無表情の白い仮面になった。

ドゥーリンは上体をまっすぐに起こして、脚を組んだ。「とにかく、連中はウィンフィールドとコールマンを始末した。すると、デッカーという女――つまり、コールマンと一緒にいた女なんですがね――その女とあなたが残るんですよ。ほかの人間は重要じゃない。ニューヨークの女優と肺炎で死んだ女と、べろんべろんに酔っ払っていた女は……」

ドゥーリンは葉巻をくわえるために息をついだ。ハロランは左手で顔の片方を上から下へゆっくりと撫でた。

ドゥーリンは続けた。「おれはかつて映画のスタントマンをしてました。昨年は運がなくてね。五カ月のあいだ仕事がないんですよ」上体を前に乗り出して、鉛筆のように持った葉巻で言葉を強調した。「あなたのために働きたいんです」

ハロランの声にはかすかに面白がっているような響きがあった。「きみが適任だという根拠は何だね？」

「射撃の腕は確かです。早撃ちもできますし、危険を冒すことを恐れません。どんな危険もね！　たいしたボディーガードになれます」

ドゥーリンは自分自身の売り口上に興奮して、立ちあがると、ハロランのほうへ二歩進んだ。

ハロランが言った。「すわりたまえ」その声は氷のように冷たかった。ルガー銃が彼の手の中できらっと光った。

ドゥーリンはその拳銃を見て、少しにこっと笑うと、葉巻を口にくわえて、うしろに下がり、すわった。

ハロランが言った。「きみが嘘つきでないことが、どうしてわたしにわかるのかね？」

ドゥーリンは下唇を上唇に重ねた。親指の爪で鼻を引っ掻いて、にやにや笑いながら、ゆっくりと首を横に振った。

「とにかく、わたしは突飛な話に聞こえるね」ハロランが続けた。「新聞によると、ウィンフィールドを殺したのは、ミス・ダーモンドのようだ」そして、にこっと笑った。「それに、コールマンはギャンブラーだった。彼に金を巻きあげられた数人のうちの一人がコールマンを撃ち殺してもおかしくはない」

ドゥーリンは大げさに肩をすくめた。上体を前に傾けると、帽子をつかみあげて、頭にかぶり、立ちあがった。

ハロランはまた笑った。その笑いはとくに快いものではなかった。

「急いで帰らなくてもいいだろう」と言った。

二人は黙っていたが、しばらくしてハロランは煙草に火をつけて、立ちあがった。彼があまりにも背が高く、痩せていたので、ルガー銃を脇にだらりと握ったまま、部屋を横切って、ドゥーリンのポケットの上を軽くたたき、もう一方の手で脇の下に触れたときも、ドゥーリンは不本意にその姿を見つめていた。そして、ハロランは部屋の反対側の隅にあるテーブルへ向かい、ルガー銃を引き出しにしまった。

そして、ドゥーリンのほうを向くと、温かい笑みを見せて言った。「何を飲むかね？」

「ジンは？」

「ジンはない」

ドゥーリンはにやっと笑った。

ハロランは続けた。「スコッチ、ライ、バーボン、ブランディー、ラム、キルシュ、シャンペン。だがジンはない」

ドゥーリンは言った。「ライを」

ハロランは縦に長いキャビネットから二本の酒びんを取り、二杯の酒を注いだ。

「どうしてメイジー・デッカーのとこへ行かないんだね？　リッチオとコンロイを殺したのは彼女だ。彼女こそボディーガードが必要だ」

ドゥーリンはテーブルに近づき、自分の酒をつかみあげた。「行くチャンスがなかったんですよ」と言った。「ダウンタウンの〈ドリームランド〉で働いていて、そこは昼間あいてませんので」二人は酒を飲んだ。

ハロランの口が歪んで、かすかな笑みを浮かべた。折りたたんだ新聞をつかみあげて、見出しを指さし、ドゥーリンに渡した。

ドゥーリンはその新聞を受け取った。《ブレティン紙》朝刊の最新版にはこう書いてあった。

殺人被害者の女性は職業ダンサー

けさ未明にランカーシム・ブルヴァード近くの道路で刺殺死体が発見された若い女性の身元が判明した。被害者はサウス・レイク・ストリート三百五番地在住のメイジー・デッカーと確認され、〈ドリームランド・ダンシング・スタジオ〉の従業員だった。

遺体の身元確認は殺人被害者のルームメイトであるペギー・ギャルブレイスによってなされた。ミス・デッカーは昨夜帰宅せず、新聞の朝刊で事件の状況を読んだミス・ギャルブレイスが遺体安置所へ行って、ミス・デッカーの身元を確認した。警察は……


ドゥーリンは新聞を下におろして、言った。「これはこれは……さっきも言ったように……」そのとき、ドアをノックする音がした。爪でたたく奇妙でリズミカルなノックだった。

ハロランが大声で言った。「はいってもいいぞ」

ドアがあくと、女がゆっくりとはいってきて、ドアをしめた。そして、ハロランに近づいて、彼の体に腕をまわし、頭をうしろに反らせた。

ハロランは彼女に軽くキスをした。にこっとドゥーランに笑いかけて言った。「こちらはミセズ・セアだ」そして、笑顔を女のほうへ向けた。「ローラ、ミスター・ドゥーリンを紹介しよう。おれのボディーガードだ」

ローラ・セアには、一つの例外を除いて著しい特徴が何もなかった。その例外とは美しい髪で、それでも女はやけに美しかった。

髪は赤毛だったが、色調が暗すぎて、照明によっては黒く見える。目は吊りあがっていた。暗緑色が濃すぎて、普段は黒に見えた。鼻はまっすぐだが、鼻孔はほんの少し広がりすぎていた。唇は赤く豊満だった。口は大きすぎて、歪んでいた。肌はなめらかで、やけに色が濃かった。体型はすらりとして、悪くはなかった。年齢不詳で、たぶん二十六か三十六だろう。

分厚いシルク地の深緑のローブを着て、黒いミュールをはいていた。髪は首筋で大きく巻いて、まとめてあった。

何の表情も浮かべずに、あご先をドゥーリンのほうへ鋭く向けた。

ドゥーリンは言った。「お知り合いになれてとても光栄です、ミセズ・セア」

彼女は広い窓の一つへ向かい、厚いカーテンを少しあけた。広がった日光が薄暗い部屋を黄色く染めた。

彼女が言った。「墓地を冒瀆《ぼうとく》してご免なさい」その声は低く、ハスキーだった。

ハロランは三杯の酒を注ぐと、自分の椅子に戻り、すわった。ミセズ・セアはテーブルにもたれた。ドゥーリンはためらいがちに彼女のほうをちらっと見てから、窓際の椅子にすわった。

ハロランは自分の酒を一口すすった。「妙なことだがね」と言った。「おれの命がかかっているとしても、あの夜殺しにやって来た男たちを識別することはできないんだ。ウィンフィールドにもできなかったはずだとほぼ確信している。おれたちは三日のあいだずっと酒びたりだったので、おれが覚えている顔の記憶はひどくて、せいぜい……」

彼はグラスを椅子の近くの床に置いて、煙草に火をつけた。「きみはほかに誰の名前を挙げたかな？　メイジー・デッカーと、コールマンと、ウィンフィールドと、おれの名前のほかに？」

ドゥーリンは折りたたんだ紙をポケットから出すと、立ちあがり、ハロランに渡した。ハロランはしばらくそれを読んでから言った。「きみは一人の名前を言わなかったね」

ミセズ・セアが二本のびんをつかみあげると、ドゥーリンに近づき、彼のグラスに酒を注いだ。

ドゥーリンは眉を吊り上げて、広い逆V字にしながら、ハロランを詮索の目で見つめた。

「リッチオとコンロイと一緒にいた男だ」ハロランが続けた。「この三人目の男は撃たれて……」

ドゥーリンは言った。「資料にはこの男のことをそれ以上書いてなかったですね。新聞によると、この男が生き長らえることは……」

ハロランは人差し指の爪で歯をカチカチとたたいて言った。「どうだろうね」

それまでミセズ・セアは動かずに、耳を傾けていた。ハロランに近づくと、彼のグラスに酒を注ぎ、酒びんを床に置いて、ハロランの椅子の肘かけにすわった。

「おれとウィンフィールドは二人で〈ホットスポット〉へ行ったんだ」ハロランが続けた。「ステージの女の子たちと話し合う用事があった」彼はほんの少しミセズ・セアににやっと歪んだ笑みを見せた。「リッチオとコンロイとこの三人目の男――名前はマーティーニか、そのようなドライな名前だったな――そして、きみのリストに載っている三人の女の子がおれたちのテーブルの横を通りすぎて、個室へ向かい……」ドゥーリンは葉巻をくわえたまま、目を好奇心で輝かせながら、上体を前に乗り出した。

ハロランは楔型に広がった日光の中に紫煙を吐き出した。「ウィンフィールドはコンロイを少し知っていた。東部で会ったことがあるんだ。二人は抱き合い、コンロイはおれたち二人を自分たちのパーティーに誘った。ウィンフィールドは誘いに乗った。彼はギャングスター映画を作っていて、コンロイは東部で大物だった。ウィンフィールドはいろいろな情報を得られると思ってね……」

ドゥーリンは言った。「じゃあ、それは合法的な集まりだったんですか？」

「そうだ」ハロランは力強くうなずいた。「この銃撃事件が始まる前に、ウィンフィールドはコンロイを映画の技術顧問にしようという話をしていたんだ」

「この三人目の男マーティーニはどんな男でしたか？」

ハロランは少し苛立ったようだ。そして言った。「それはあとで話す。個室には八人いた。三人の男と三人の女の子とウィンフィールドとおれだ。リッチオはかなり酔っていて、一人の女の子は酔いつぶれているのも同然だった。全員が酒でかなりハイになっていた」

ハロランはグラスをつかみあげて、上体を前に傾けた。「リッチオとマーティーニはある種の酒の上の口喧嘩を始めた。モルヒネ密売に関する口論だとおれは思った。リッチオはかなり大声を出していた。おれとウィンフィールドはコンロイと話をしていて、女の子たちがシャンペンでうがいをしたがっているときに、四人の男が――四人だったと思う――押しかけてきて、リッチオとコンロイに発砲を始めて……」

「マーティーニはどうなんです?」ドゥーリンは火のついていない葉巻をさらに口の中にくわえ込んだ。

ハロランはまた苛立ちの表情を見せた。「それが重要な点なんだ」と言った。「連中はマーティーニに注意をまったく向けなかった。リッチオとコンロイの命を狙っていた。使ったのはマシンガンじゃなかった。それは新聞の誇張だ。オートマティック銃だったし……」

ドゥーリンが言った。「マーティーニはどうなんですか?」

「頼むから、黙っててくれ!」ハロランは面白くなさそうににやっと笑い、酒を飲み干した。「リッチオがマーティーニを撃ったんだ」

ドゥーリンはゆっくりと立ちあがって言った。「電話を借りてもいいですか？」

ハロランはにこっとミセズ・セアに笑いかけて、うなずいた。

ドゥーリンは数人に電話をかけ、質問をして、一本調子で「うん」とか「いいや」とか言った。

ハロランとミセズ・セアは小声で話した。通話の合間にハロランがドゥーリンに話しかけた。「きみはいろいろとコネを持ってるんだね」それは質問ではなく、所見だった。

ドゥーリンが言った。「コネと同じくらい多くの金があれば、今頃は引退してるでしょうね」

しばらくして電話を終えると、受話器を元に戻して、低い丸テーブルに電話機を置いた。

「マーティネリです」と言った。「マーティーニではなくてね。東部ではリッチオとコンロイのパートナーになるはずでした。麻薬密売市場をかなりうまく牛耳《ぎゅうじ》っていた。マーティネリは十一月の終わり頃にここに姿を見せ、リッチオとコンロイは十二月十日にここへ来て、その日の夜に殺され……」

ハロランが言った。「思い出したぞ。二人は旅の話をしていた」

ドゥーリンは酒を飲むために、口から葉巻を離した。「マーティネリはセント・ヴィンセント病院を一月十六日に退院した。おとといです。こいつはすごく悪いやつです。東部では四、五件の殺人容疑を逃れて、六件ほどの殺人に関与していると思われています。死刑執行人と呼ばれてるんです。死刑執行人のアンジェロ・マーティネリと」

ミセズ・セアが言った。「さあ、食べにいらっしゃい」

ドゥーリンとハロランは立ちあがって、小さいダイニングルームにはいった。二人はテーブルに着き、ミセズ・セアが湯気の立つベーコンとスクランブル・エッグの皿と沸き立つコーヒーの大きい球体ポットを運んできた。

ドゥーリンが言った。「おれにはこう思えるんです。リッチオがマーティネリを撃つところを、あなたとウィンフィールドと個室にいたほかの誰かが目撃したとマーティネリが考えたとしたら、彼はあんたを黙らせたいでしょう。マーティネリがリッチオを裏切ったことは確実で、もし裁判でこのことが表沙汰になると、デトロイトの連中はマーティネリを追っかけるでしょう」

ハロランはうなずき、皿にのったスクランブル・エッグの横にチリ・ソースをたっぷり注いだ。

「でも、そいつは何のためにコールマンとメイジーを消したかったんですか？」

ハロランは口に食べ物を頬張って話そうとしたが、ドゥーリンは制止した。「マーティネリはここの組織と手を組んでいたというのが、その答えです。リッチオとコンロイが乗っ取ろうと考えていた組織と……」

ハロランが言った。「マーティネリは地元の人材だけの組織とは対照的に、たぶんここことデトロイトとの麻薬連合を組織するためにここへ来たんだろう。あいつはここの組織のやり方を気に入って、手を組んだ。リッチオとコンロイが到着したとき、マーティネリはその二人を指し示した。地元の構成員にわかるように……」

ドゥーリンは口いっぱいのベーコンとエッグを呑み込んで、口の隅から「うまい」とミヤズ・セアに言った。

そして、自分の葉巻をつかんで、ハロランのほうへ向けた。「だから、そいつはあんたたち全員の命を奪いたかったんですよ。あんたとウィンフィールドの場合は、あんたちが証言するとなると、そいつはデトロイトの組織に狙われるだろうね。メイジーとコールマンの場合は、ＬＡの連中を識別できるからです。そいつは誰とも交渉しようともしなかった。殺すほうがより簡単だと考える類《たぐ》いのやつだから」

ハロランが言った。「そいつは拘置所にはいっている二人の男からも自分を守らないといけない。その二人はあらいざらい言いたいことをぶちまけるだろう。もし現場にいた人間がみんな殺されれば、拘置所の二人が犯人だと指摘される可能性はない。何もかもバラ色になるだろう」

二人は無言でベーコンとエッグを食べ終えた。

コーヒーを前にして、ドゥーリンは言った。「きのうの夜、そいつがあんたの命を狙わなかったのが妙です。ウィンフィールドを殺す前か殺したあとにね。同じ建物内に住んでるのに……」

「もしかしたら殺すつもりだったのかもしれない」ハロランは彼の椅子のそばに立っているミセズ・セアの体に腕をまわした。「三時頃まで家に戻らなかったんだ。たぶんそいつはここに来たが、おれを殺しそこねたんだろう」

ドゥーリンは言った。「検事局へ行って、地方検事に話したほうがいいですよ。ウインフィールドの可哀想なガールフレンドがたぶんきびしく尋問されているでしょう。その女の容疑を晴らして、マーティネリをつかまえてもらったら……」

ハロランが言った。「駄目だ」とやけに力強く言った。

ドゥーリンは目をゆっくりと見開いた。コーヒーを飲み終え、待った。

ハロランはかすかに笑みを浮かべて言った。「まず、おれはサツが嫌いだ」ミセズ・セアの体にまわした腕に力を込めた。「次に、おれはとくにミス・ダーモンドのことを気にかけていない。あの女がちびるほどきびしく尋問されても、おれには関係ない。三つ目に、おれは……」

ドゥーリンはミセズ・セアのほうをちらっと見てから、目をゆっくりとハロランのほうへ戻した。

「おれの寿命はあと三カ月だ」ハロランが続けた。「長くてな」その声は冷たく、まったく無感情だった。「おれは一九一八年にフランスで戦闘神経症にかかり、毒ガスにやられ、ほぼずっと痛めつけられた。軍医たちはおれの体をなんとかつなぎ合わせて、故郷《くに》に送り返したので、おれはかなり長く生きている。だが、おれの心臓はいかれているし、肺はひどい状態だし、その他いろいろだ。おれがまだ歩きまわれるので、医者たちはかなりいらいらしていてね……」

彼は大いににやにや笑った。「おれは残された時間をできるだけ楽しく過ごすつもりだ。おれたちはサツに通報しないし、できるだけ多くの利益を得られるように対処するつもりだ。きみはおれのボディーガードとなり、給料は週五百ドルだが、きみの仕事はおれを護衛することではない。興奮するほどの冒険がたくさんあるように取り計らうことだ。マーティネリがこっちへ来るのを待つかわりに、こっちからマーティネリのほうへ行くんだ」

ドゥーリンは無表情な顔でミセズ・セアを見た。彼女はいやに奇妙な表情でほほえんでいた。

ハロランが言った。「働いてくれるかい？」

ドゥーリンはゆっくりと満面の笑みを浮かべた。そして言った。「もちろん」

ドゥーリンは両手を拭いて、口笛を吹きながら髪を撫でつけ、自分のアパートメントの安い家具を備えた狭いリヴィングルームから簡易キッチンのドアへ向かった。ドア近くのテーブルから新聞をつかみあげ、広げると、見出しをちらっと見て言った。

「青い浴槽で起こった事件なので、ウィンフィールド殺しのことを新聞は〝青の殺人〟と呼んでいるぞ。とんだお笑い草だ！」

いくぶん可愛く、初々しい顔をした女が小さいガスコンロの上にのせた白いシチュー鍋の中の何かを掻き混ぜていた。そして、顔をあげて、ほほえんだ。「あと一分でディナーができるわ」と言うと、エプロンで両手を拭き、食卓の準備をした。

ドゥーリンは壁にもたれて、新聞のほかの部分に目を通した。コールマン事件は四分の一段しかなかった。警察が不審な車の足取りを追えなかったのだ。メイジー・デッカー事件についてはもっと記事が短かった。警察は〝ある仮説を立てていて……〟

警察はウィンフィールド殺しについてもある仮説を立てていた。ミス・ダーモンドは殺人事件の夜にウィンフィールドのアパートメントのドア近くで発見されたが、頭部に重傷を負っていた。彼女によると、最後に覚えているのは、ドアをあけたことと、何者かと取っ組み合ったことだという。警察の〝最高の頭脳たち〟はその時点まで彼女の言葉を信じた。警察は彼女には共犯がいたという仮説のもとに捜査していた。

ドゥーリンは新聞を丸めると、椅子の座面に放り投げて言った。「週に五百ドル……プラス経費だ！　わあ、すごいだろ！」そして、にやにやと満面の笑みを浮かべていた。

彼女が言った。「その金額を聞いて、ものすごく嬉しいわ、ハニー。もし危険な仕事じゃなければね。わたしたちにもそろそろ運がまわってきてもいい頃よ」そして、しばらくためらった。「大丈夫だといいけど……」

彼女は二十三か四だった。ハニー・ブロンドの髪に、ピンクの頬に、グレイの大きい目をしていて、すらりとした曲線の美しい体型だった。

ドゥーリンは彼女に近づき、彼女のうなじにキスをした。「もちろんだ。大丈夫だよ、モリー」と言った。「充分な報酬をもらえば、いつも大丈夫だ。重要なのは長続きさせることだ。週五百は大金だが、週千なら二倍のラム・チョップが買える」

モリーは安くて白い皿の一枚についた極小の斑点にやけに興味を示して、タオルで懸命にこすった。顔をあげずに話した。「わたし、あのミス・ダーモンドのことをずっと考えてるのよ。そう、留置されているあの人のことをね。ハロランは彼女にどんな恨みがあると思う？」

「わからない」ドゥーリンはテーブルに着いた。「とにかく、彼女は大丈夫だよ。おれたちはいつでも彼女を自由にしてやれるんだから。ただし、今はそれができない。おそれにはマーティネリのほうに警察の注意を向けさせて、そいつをつかまえさせないといけない。そうすると、ハロランには楽しみがなくなるだろう」

「奇妙な楽しみね」彼女は口元に笑みを浮かべた。

ドゥーリンは言った。「彼は奇妙な男なんだ。かつてはシカゴで事件記者をしていた。もしかしたら、それがこの事件に関係があるかもしれない。とにかく、あの可哀想な野郎は寿命が短いんだ。あいつには望むだけの楽しみを味わわせてやろう。味わえるだけの金の余裕があるし……」

彼女がパンを切って、冷蔵庫からバターを取り出し、食卓の準備を終えるあいだ、二人は黙っていた。

ドゥーリンはテーブルに両肘をついて、両手の上にあごをのせたまま上体を乗り出した。「ミス・ダーモンドに関しては、郡の留置所で出す少しのビーフシチューは彼女の役に立つだろう。ああいう女たちはそういう経験が少し必要なんだ。広い視野を持つためにね」

彼女はマッシュポテトを大きいボウルに山のように積みあげていた。そのあいだ、黙っていた。

「おれが考えるに」ドゥーリンは続けた。「ハロランは自分で命を絶つ度胸がない。あいつはもう役立たずだ。自分でもわかっていて、そのことで少し頭がおかしくなっている。そこにマーティネリが現われた。劇的にこの世を去るいいチャンスだ。あいつの生き方どおりに、一か八かやってみるつもりだろう。畜生め！　おれだってあいつみたいに崖っぷちに立つことになったら、同じことをするだろうよ。あいつは何があっても屁とも思わない。あいつは……」

モリーは食べ物をテーブルに並べ終えて、すわった。ドゥーリンがラム・チョップとポテトとカリフラワーをそれぞれの皿に分けているあいだ、モリーはサラダを分けた。二人は食べ始めた。

ドゥーリンは立ちあがると、二つのグラスに水をたっぷり入れて、テーブルに置いた。

モリーが言った。「水を忘れてごめんなさいね……」

ドゥーリンは上体を屈めると、彼女にキスをして、すわった。

「ハロランに関しては」彼が続けた。「おれはあいつの芝居に出演する役者にすぎない。すわって、マーティネリがやって来るのを待つかわりに、おれたちのほうからマーティネリを捜し出す。これがハロランの考える娯楽なんだ。あいつのユーモアのセンスとはこういうものなんだ。あいつには失うものが何もないし……」

モリーが言った。「冷めないうちにディナーを食べなさいよ」

二人はしばらく黙っていた。

ついに彼女が言った。「マーティネリが先に撃ったらどうなるの？」

ドゥーリンは笑った。「マーティネリはまったく撃たないだろう。おれも撃たない。それに、ハロランも撃たない」

彼女は煙草に火をつけて、コーヒーを一口飲んだ。無表情でドゥーリンを見つめて、待った。

「ハロランはミセズ・セアと一緒にディナーを食べているところだ」ドゥーリンが続けた。「そのあと、二人はショウに出かける。ショウのあと、おれは二人を迎えにいく、劇場へね。それから、おれとハロランはマーティネリの居所をあちこち捜すんだ」

彼はコーヒーを飲み終えると、二人のカップに二杯目を注いだ。「それまで、おれはマーティネリがもっともいそうな場所を突きとめることになっている。ハロランはおれの交友関係を信頼してくれているんだ」

ドゥーリンはにやにやと笑い、まるで帽子の中から兎を取り出す手品師のように、軽く満足気な表情を浮かべながら、続けた。「おれはすでにマーティネリを見つけている。あいつがよく行く場所だけじゃなく、住んでる場所も突きとめた。あいつには自分が目をつけられていると思う理由がまったくない。隠れてはいないんだ」

彼女が言った。「だから、何なの？」

彼は立ちあがって、心地よさそうに体を伸ばした。「だから、今すぐマーティネリのところへ行くつもりだ」そして、大げさに間を置いた。「そして、あいつがどんな状況にいるのか教えてやる。五、六件の殺人容疑がかかっているとか、いろんなことをね。おれ以外にも大勢の人間がそのことを知っていて、そのことが地方検事局にもうすぐ伝わるだろうから、今すぐずらかったほうがいいとか……」

モリーが言った。「あなたはクレイジーだわ」

ドゥーリンはげらげらと大笑いした。「抜け目がないだけだよ」と言った。「抜け目がないだけだ。マーティネリに恩を着せてやるんだ。それで、あいつとは何の問題もない。おれはハロランが殺されるような危険を冒すのを阻止してるんだ。それでも、ハロランはまだ自分が危険を冒していると思い込み、興奮を覚えるだろう。ハロランが生きている限り、おれは毎週五百ドルを懐《ふところ》に入れる。もしくは、おれがハロランに楽しい経験を味わわせてやれる限りね。それで、みんなは幸せになる。ほかに何を望むんだ？」

「正気よ」モリーは煙草の火を揉み消すと、立ちあがった。「これまでこんなにクレイジーな考えは聞いたことがないわ……」

ドゥーリンは不快な表情を浮かべた。リヴィグルームに行ってから、ドア口に戻ってきた。「もちろん、この考えはクレイジーだよ」と言った。「もちろん、クレイジーだ。ハロランもクレイジーだし、きみもおれもクレイジーだ。マーティネリもたぶんクレイジーだろう。クレイジーな考えがうまくいくんだ。魔法みたいにこの考えはうまくいくだろうよ」

モリーが言った。「ミス・ダーモンドはどうなるの？　マーティネリがつかまらなかったら、彼女がウィンフィールド殺しの罪をかぶることになるわ」

「いや、そうはならない！　ハロランの問題が片づけば、おれは見つけた証拠を地方検事局に持っていき、証拠を揃えて、確認するのに数週間かかったと言うつもりだ。

きみの顔に鼻がついているみたいに、マーティネリが三人を殺したことは明白なんだから。警察署の間抜けどもは今そのことに気づいていないが、おれがそれを指摘してやれば、理解するだろう。マーティネリに罠をかける策略なんだ」

モリーは冷淡にほほえんだ。「あなたほど強情で自惚《うぬぼ》れの強いアイルランド野郎はいないわ。あなたは結婚してからずっと次から次へと面倒に巻き込まれてる。今回だけはあなたが馬鹿な真似をして、たぶん殺されるのを黙って見てはいないわよ……」

ドゥーリンは頑固で、苛立った表情を浮かべた。そして、うしろを向いて、リヴィングルームを横切り、コートをごそごそと着込んで、帽子を目深《まぶか》にかぶった。

モリーはドア口に立った。その顔はいやに血色がなく、目は丸くなり、大きく見開いていた。

彼女が言った。「お願いよ。ジョニー……」

彼は彼女の顔を見なかった。壁際のデスクに近づくと、引き出しをあけて、ニッケルめっきのリヴォルヴァー銃を取り出し、コートのポケットに入れた。

彼女が言った。「あなたがこの馬鹿げたことをするのなら……わたし、出ていくわよ」

その声は冷淡で、絶望感を帯びていた。

ドゥーリンは玄関ドアへ向かい、外に出ると、ドアをばたんとしめた。

彼女はしばらくそこに立ったまま、そのドアを見ていた。


アンジェロ・マーティネリは小さなびんの中に左手の指を二本入れて、薄緑色のスムースコーム整髪料でべたべたしている二本の指を外に出した。その整髪料を頭の上に塗りつけ、両手の指をうしろに反らしたまま、頭を撫でて、それを勢いよく髪に馴染ませた。そして、両手を拭いて、櫛をつかみあげ、鏡のほうへ上体を屈めた。

マーティネリはやけに若かった。年齢はたぶん二十四か二十五だろう。顔は青白く、しわがなかった。その長くて角張ったあご先のほうに向かうほど、顔の青白さが青味がかっていた。目は赤茶色で、鼻はまっすぐで、繊細な形だった。中背だが、肩に厚いパッドをつけたコートのせいで長身に見えた。

その部屋は狭く、けばけばしい家具が備わっていた。最悪な現代的様式の低いベッドと二、三脚の椅子が、オレンジ色とピンク色のバティック柄上掛けのせいで、よけいに不快に見えた。鉄製フロア・ランプは入念に細工されていたが、そのシェードは模造羊皮に貼りつけたウィスキーのラベルでこしらえてあった。

マーティネリは髪を梳き終えると、ベッドの足側でくつろいでいる女に肩越しに話しかけた。「今夜で片がつく……」

ローラ・セアが言った。「今夜で片がつくのね……もしあなたが慎重に行動すれば……」

マーティネリは腕時計をちらっと見た。「おれは出かけたほうがいい。もう八時近い。八時にあそこにいると、あいつは言っていた」

ローラは上体を屈めて、酒が半分はいった床のグラスに煙草を落とした。「わたしは八時半頃から家にいるわ」彼女が言った。「できるだけ早く電話して」

マーティネリはうなずいた。黒の軽いフェルト帽をかぶり、鏡の前で思いどおりの角度に傾けた。そして、ローラがコートを着るのに手を貸してから、腕を彼女の体にまわして、未練ありげに彼女の唇にキスをした。

彼女は彼に寄りかかり、ささやいた。「できるだけ早く終わらせてね、ダーリン」

二人はドアのほうへ向かい、マーティネリが明かりを消し、二人でそこを出た。

マーティネリが言った。「次の角を右に曲がってくれ」タクシーの運転手がうなずいた。タクシーはノース・ブロードウェイから薄明るい通りにはいり、ひどい歩道を数ブロック走った。

マーティネリは仕切りガラスをたたいて言った。「オーケイ」タクシーが急停車すると、マーティネリはおりて、料金を払った。そして、タクシーが狭い通りに曲がって見えなくなるまで、縁石に立っていた。上で一個の電球が薄明るく光っているドアのほうへ向かうと、暗闇のなかでボタンを手探りして、押した。ドアがかちっとあいた。マーティネリは中にはいり、うしろ手にばたんとしめた。

薄暗く細長い部屋では、バー・カウンターに沿って五、六人の男が並んでいた。別の数人は壁際のテーブルに着いていた。

マーティネリはカウンターのむこう端まで歩き、カウンター越しに体を乗り出すと、レジ近くの高いスツールにすわっている小太りで禿げ頭の男に小声で話しかけた。

「ボスはいるかい？」

禿げた男は頭を縦に振り、マーティネリのうしろのドアのほうへ頭を向けた。

マーティネリは驚いた表情を浮かべて、穏やかに言った。「ボスが時間どおりに来たのは、生まれて初めてだ！」

禿げた男は頭を縦に振った。顔は無表情だった。

マーティネリはドアの中にはいると、短い階段を二階上までのぼり、狭い廊下に出た。廊下の突き当たりで、鋼鉄製の重い防火扉をノックした。

しばらくすると、ドアがあいて、声が聞こえた。「はいれ」


ドゥーリンは爪先で立ち、ドアの上の数字を読もうとしたが、数字は外気や長い年月のせいで色褪せていた。電燈は暗すぎた。

暗い通りを半ブロック歩いてから、もと来た道を戻り、ドア横のボタンを押した。

ドアがかちっとあくと、短い通路を抜けて、細長いバーにはいった。

バーテンダーがドゥーリンの前にあるステイン塗りの木製カウンターを拭いて、目で質問を投げかけた。

ドゥーリンが言った。「ライを」

彼はバー・カウンターの男たちとテーブルの男たちと、カウンターのむこう端のスツールにすわっている体格が頑丈で頭が禿げた男を何気なくちらっと見た。その禿げ頭の小柄な男は、広げた新聞紙の上に体を屈めていた。

バーテンダーはドゥーリンの前のカウンターにグラスを置き、派手なラベルのついた平たいフラスコをその横に並べた。

ドゥーリンが言った。「今晩マーティネリを見たかい？」

バーテンダーはドゥーリンが酒をグラスに注ぐのを見つめてから、びんをつかみあげ、カウンターの下に置いて言った。「ああ、少し前に来ましたよ。階上にいます」

ドゥーリンはうなずくと、ライ・ウィスキーを味わった。それほどまずくはなかった。飲み終えると、二十五セント硬貨をカウンターに置き、バーの奥にあるドアのほうへぶらりと向かった。

頭の禿げた小柄な男が新聞から目をあげた。

ドゥーリンは言った。「マーティネリはおれを待ってるんだ。階上にいるんだな？」

小柄な男がドゥーリンを見た。まずドゥーリンの顔を見て、ゆっくりと目を下の脚のほうへ移してから、上のほうへ戻していった。「あいつはあんたのことを何も言ってなかったぜ」

その男は年季と自信による賞讃すべき正確さで唾を飛ばして、隅の痰壺《たんつぼ》の中に入れた。

ドゥーリンは言った。「忘れたんだろう」そして、手をドアノブに置いた。

小柄な男は無表情でドゥーリンを見て、上から下まで調べた。

ドゥーリンはドアノブをまわしてドアをあけ、中にはいると、うしろ手にドアをしめた。

階段はちょろちょろと燃えるガス燈の炎で薄明るかった。彼はゆっくりとのぼった。二階のあがり口には一つのドアがあった。暗かった。ドアの下には明かりが見えない、むこう側から物音は聞こえなかった。やけに静かに三階までのぼった。耳を鋼鉄製のドアにつけた。何の物音も聞こえなかったが、ドアの下から少しの明かりが漏れていた。拳を握って、手根《しゅこん》でノックした。

マーティネリがドアをあけた。しばらく立ったまま、ドゥーリンを疑問の目で見つめてから、肩越しにうしろを振り返り、にこっと笑って言った。「はいれ」

ドゥーリンは両手をオーヴァーコートのポケットに入れ、右手でリヴォルヴァーを固く握ったまま、部屋の中にはいった。

マーティネリはドアをしめた。頑丈なボルトをはめた。

その部屋は広く、がらんとしていた。幅三十六フィート(約十メートル)、奥行き四十フィート(約十二メートル)ぐらいの広さだった。中央のやけに大きい丸テーブルの上に吊るされている緑色のシェードをかぶった一つの吊りランプが室内を照らしていた。隅の薄明かりにほかのテーブルや椅子が重ねてあった。窓はなく、ほかのドアもなかった。

ハロランがテーブルのまわりの四脚の椅子の一つにすわっていた。両肘をテーブルについて、上体をほんの少し前に傾け、生気のない長い両手が顔を縁取っていた。その顔は全体的に冷たく、青白く、無表情だった。

マーティネリは背中をドアにもたせかけて立ったまま。両手を体のうしろにまわしていた。

ドゥーリンは肩越しにマーティネリをちらっと見てから、目をハロランのほうへ戻した。両眉を広いV字型に吊りあげ、口を少し開けていた。

ハロランが言った。「おやおや、これは驚いた」

そして、目をマーティネリのほうへ動かして言った。「アンジェロ、ミスター・ドゥーリンを紹介しよう。おれのボディーガードだ……」一瞬、薄い唇の大きい口の端がごくわずかに上にあがった。そのあと、顔を無表情で青白い仮面にまた戻した。

「ミスター・ドゥーリン、こちらはミスター・マーティネリだ……」

マーティネリはすでに音を立てずにドゥーリンの背後から近づいていて、急に両手を荒々しくドゥーリンのポケットに突っ込み、ドゥーリンの両手をつかんだ。ドゥーリンは上体を鋭く前に傾けた。二人は三十秒ほど取っ組み合った。二人の荒い息づかいのほかは静かだった。そのあと、マーティネリは急に膝頭を容赦なく蹴りあげた。ドゥーリンは呻《うめ》き、両膝から床に崩れた。ニッケルめっきのリヴォルヴァー銃が床にかちゃんと落ち、部屋のむこうへすべっていった。

マーティネリはそれに向かって突進した。

ハロランは動く気配をずっと見せなかった。そして言った。「ちょっと待つんだ、おまえ……」ドゥーリンがその日の午後に見たルガー銃がテーブルの上に置いたハロランの両手のあいだで光っていた。

マーティネリは落ち着きのない仕草を見せると、ドゥーリンの拳銃を拾いあげようと、身を屈めた。

「ちょっと待つんだ、おまえ」ハロランの声は冷酷で鋭い大鎌のようだった。

マーティネリはやけにまっすぐ立ちあがった。

ドゥーリンはゆっくりと立ちあがった。体を折って、腹を押さえると、頭をマーティネリのほうへ向けた。細めた目には敵意がこもっていた。独り言のように、いやに静かに言った。「この汚い野郎め、汚い汚いくそ野郎め！」

マーティネリはにやりと笑い、やけにまっすぐ立っていた。カップ状にした両手を両腿に近づけて、がたがたと震わせた。

ハロランがゆっくりと言った。「やるなよ、おまえ。おまえがナイフを取り出す前に、その両目を撃ち抜いてやるからな。それに、絶対に自分の鼻に触《さわ》るな」

マーティネリは洋装店のマネキンのように見えた。両脚の指球で体重のバランスを取りながら、両手は体側で震えていた。にやにや笑いはわざとらしく、虚ろだった。

ドゥーリンが急に笑いだした。まっすぐ立ちあがり、マーティネリを見て、笑った。

ハロランは目をドゥーリンのほうへ移して、かすかににこりと笑った。

そして、言った。「紳士諸君、すわりたまえ」

マーティネリは前によろめき、椅子の一つにどさっとすわった。

ハロランが言った。「両手をテーブルの上に置け、頼むから」

マーティネリは素直に両手をテーブルの上に置いた。顔に浮かべていた虚ろなにやにや笑いは凍りついてしまったようだ。

ハロランは目をドゥーリンのほうへ向けた。ドゥーリンはにこりと笑うと、別の椅子のほうへ慎重に歩いて、すわった。

ハロランが言った。「さてと……」そして、片手を顔のほうにやった。もう一方の手はテーブルの上のルガー銃を弱く握っていた。

ドゥーリンは咳払いをして言った。「どういうことなんですか、ミスター・ハロラン？」

マーティネリが急に笑い出した。虚ろなにやにや笑いが大きく甲高い笑い声に変わった。「どういうことなんですか、だって！　ええい、まったくもう、どういうことなんですか、だってよ！……」

ハロランは影におおわれている窪《くぼ》んだ両目を半ば閉じたまま、ドゥーリンを見つめていた。

マーティネリは上体を前方に傾けると、両手を前にあげて、二本の指をドゥーリンに向けた。「よく聞けよ、生意気野郎……おまえはあと数分生きていられるんだ、運がよければな。そういうことなんだよ！」

ドゥーリンはかすかに楽しい気持ちでマーティネリを見た。

マーティネリはまた笑った。二本の指がハロランに向くまで両手をゆっくりと動かした。「こいつがコールマンを殺したんだ」と言った。「こいつがコールマンを撃ち、おれは車を運転した。そして、こいつは自分でウィンフィールドを殺した。それに、こいつの組織がリッチオとコンロイを殺して……」

ドゥーリンはハロランをちらっと見てから、マーティネリのほうへ向き直り、無言でかすかににこっと笑いかけた。

「こいつはダンスホールの女を殺す話をおれに持ちかけた」マーティネリが続けた。「そして、これからおれとあんたを殺すつもりなんだ……」

ドゥーリンは大きくにやりと笑ったが、口元だけでやり遂げた。口元が動いたことをそれほど感じたようには見えなかった。ハロランを見た。ハロランの顔は石膏《せっこう》のように白くて、じっと動かなかった。

「よく聞け、生意気野郎！」マーティネリは前に体を傾けると、手を動かして、ドゥーリンのほうに向けた。突然やけに興奮し始めた。燃えるような黒い両目でドゥーリンの目を見つめた。「おれはモルヒネを売るルートを作るために、リッチオの代わりにここへ来た。しかも多量のモルヒネをな。それで、ミスター・ハロランに出会ったんだ」マーティネリは八分の一インチほど首をハロランのほうへ動かした。「ミスター・ハロランはここで麻薬密売組織を運営している。そのことは知ってたか？」

ドゥーリンはハロランのほうを素早くちらっと見てから、マーティネリの緊張した顔に目を戻した。

「ミスター・ハロランはフランキー・リッチオとコンロイを裏切るようにおれを促した」マーティネリが続けた。「ミスター・ハロランの手下どもはリッチオとコンロイを殺したあと、リッチオが先におれを撃っていなければ、おれも始末していただろう……」

ハロランは冷淡に、楽しそうに言った。「おいおい、それはないぞ、アンジェロ……」

マーティネリはハロランを見なかった。そして言った。「おれはあの夜、リッチオとコンロイを列車の中で出迎えて、ミスター・ハロランと仕事の話をするために、カルヴァー・シティーのあのクラブに連れていった。ただ、ミスター・ハロランがどういう仕事の話をするのか、おれは知らなかった……」

「こんなに詳しく話さないといけないのか？」ハロランが横にいるマーティネリに話して、ドゥーリンににこっと笑いかけた。ドゥーリンがこの部屋にはいってきてから、ハロランの表情が明白に変わったのは、それが初めてだった。

マーティネリが「ああ」と言った。そして、両目を細くて黒い切れ目にして、ハロランに顔をしかめた。「ここにいる賢い男が……」と手ぶりでドゥーリンを示した。「どういうことなのか知りたがっているからな。ほかの誰かに知っていてもらいたいんだ、おれ以外にもね。おれたちのうちの一人がここを生きたまま出られるかもしれない。おれが言いたいことをすべて吐き出したら、その一人はこの賢い男ではないことは確実だな」

ハロランの笑顔はやけに陽気だった。そして言った。「続けろ」

「サツが〈ホットスポット〉銃撃事件で連行した連中の一人は、犯行仲間だった。そいつはミスター・ハロランに雇われていたんだ」マーティネリは続けた。〝ミスター〟を少し不必要に強調していたし、少し使いすぎていた。「おれが退院したとき、ミスター・ハロランがいろんな厄介事を処理しようと提案した。コールマンとかデッカーとかウィンフィールドとか、こいつの部下を特定したり、リッチオがおれを撃ったことを証言したりできる連中を始末しようとね。こいつは自分の愛人ミス・ダーモンドに言い寄るウィンフィールドをとにかく憎んでいた。それに、あの女のことも憎んでいて……」

ハロランはドゥーリンににこっと笑いかけていた。その手はルガー銃を強くしっかりと握っていた。ドゥーリンはテーブルのむこうのハロランとの距離や明かりとの距離について考えた。

マーティネリは上体を前に屈めて、早口で熱心に話していた。「おれは八万五千ドル相当のモルヒネを持ち運んできた。おれたちが手を組んだとき、ここのお偉方に手渡した。それなのに、一セントももらっていない。だから、おれはこういう小細工をやったんだ。おれは自分の分け前を手に入れたかった。今晩、手にはいることになっていたが、十分前にまったく手にはいらないことがわかった……」

マーティネリはハロランににこっと笑いかけて、最後に言った。「ミスター・ハロランの言うことには、強奪されたらしい」そして、ゆっくりと立ちあがった。

ハロランが言った。「話は終わったか、おまえ?」

マーティネリは両手を体側でカップ状にしたまま、やけに堅苦しくまっすぐに立っていた。

ドゥーリンは突然体を屈めると、全力を振り絞って丸テーブルをひっくり返した。しばらく丸い縁に邪魔されて、マーティネリの姿もハロランの姿も見えなかった。やがて、大きくて丸いテーブル・トップが金属の帯板から床にすべり落ちた。

巨大な類人猿がより小さい動物をつかむのとほぼ同じように、ハロランはマーティネリをつかんでいた。長い片腕を前に出し、長くて白い手をマーティネリの喉元にやり、指をほとんど首全体にまわしていた。ハロランのもう一方の手はマーティネリの手首をつかみ、ゆっくりと前後に振った。短い湾曲ナイフの刃がマーティネリの手の中で光った。二人の手がゆっくりと動いているのを別にすれば、二人は凍《い》てついたかのように、じっと動かなかった。二人の体勢には人間らしさがなく、顔の表情にも人間らしさがなかった。

その瞬間、ハロランは人間ではないと、ドゥーリンは思った。ハロランは正気を失っていた。しかし、人間の狂気ではなく、獣の冷酷な殺生欲だった。

ルガー銃とドゥーリンのリヴォルヴァー銃は、その二人のそばの床に落ちていた。

ドゥーリンはハロランの後方に行くまで、部屋の壁際をまわり、ゆっくりと二人に近づいた。

彼が拳銃のほうへ飛びつくと、ハロランはマーティネリの体を素早く振り払い、ドゥーリンの頭をめがけて、乱暴に蹴った。一蹴り目は的を外したが、二蹴り目はルガー銃に届きそうなドゥーリンの手に命中し、ルガー銃をくるくるっと隅のほうへ蹴り飛ばした。

ドゥーリンが半ば立ちあがると、ハロランは長い脚をまた蹴りあげた。重い靴がドゥーリンの側頭部に当たった。ドゥーリンは呻《うめ》いて、横向きに床に倒れた。

ドゥーリンは仰向けに横たわり、部屋がまわり始めた。あとで思い出すと、真っ暗な場面がときおり現われる短編映画を観ているようだった。

ハロランはマーティネリをゆっくりと壁際まで下がらせた。まるで二人が奇妙な儀式の踊りを演じているようだった。二人のステップは調整されていて、ハロランの顔は冷静沈着で、表情はやや憐れみ深かった。マーティネリの顔は喉元にかかった圧力のせいで、だんだん黒ずんでいった。ハロランはナイフを持った手をゆっくりと前後に振った。

その次にドゥーリンの頭の中の暗闇が明るくなると、二人は壁際にいた。マーティネリの頭はハロランの執拗な白い手の上で妙な角度に曲がり、その顔は紫色に変わっていた。ハロランのもう片方の手はすでにマーティネリの胸に沿ってすべりおりていた。

マーティネリの両目が飛び出した。顔は死が近づいてくるのを見た男のそれで、怖がっていた。ドゥーリンにはハロランの顔がもう見えなくなった。ドゥーリンはナイフがマーティネリの胸にゆっくりと近づくのを見つめた。

ナイフが体に刺さるとき、マーティネリはなんとか喉元から耳をつんざくような甲高い声をあげた。そして、ハロランがナイフを抜いて、またゆっくりと刺したときも、またその声をあげた。ハロランは左胸を慈悲深くは突き刺さなかったが、右胸の肺にゆっくりと何度も何度も穴をあけた。

ドゥーリンは体の向きを変えて、横腹を下にした。リヴォルヴァー銃が彼とハロランのあいだの床に落ちていた。彼は頭を激しく振って、そっちのほうへ這っていった。ハロランが突然マーティネリを放し、一歩下がった。マーティネリの膝ががくんと折れて、ゆっくりと沈んでいき、背中を床につけて、両脚をまっすぐ床の上に伸ばしたまま床にすわった。ぜいぜいとあえぎ声を出して空気を吸い込み、両手で強く胸を押さえ、ナイフの柄を強く押さえた。

顔をあげると、口元は血だらけだった。マーティネリは笑っていた。ドゥーリンは拳銃のことを忘れ、手をとめて、魅了された目でマーティネリを見つめた。マーティネリが笑うと、体内のすべてが壊れていくような声を出した。頭がごろんとうしろに反り、どんよりした目を上に向け、にやりとハロランに笑いかけた。そして、両手で胸を強く押さえたまま言った。

「おれは一緒に行けないとローラに伝えてくれ……」彼は間を置いて、空気を吸い込んだ。「ローラがおれを待っている……アンジェロが悔しがっていたとローラに伝えてくれ……」彼の声は不明瞭で、甲高かったが、言葉は多くを物語っていて、きわめて危険で、恐ろしい効果をもたらした。

ドゥーリンが見つめていると、ハロランは背がより高くなったようで、盛りあがった肩がさらに広くなっていくようだった。

マーティネリがまた笑った。そして言った。「あばよ、くそったれ……」

ハロランはマーティネリの胸を容赦なく蹴った。そして、その長い脚をうしろに引き、マーティネリが横に崩れると、その顔を何度も強く蹴った。

ドゥーリンは素早く前に這っていき、リヴォルヴァー銃をつかむと、持ちあげた。

ハロランがゆっくりとそっちを振り向いた。

ドゥーリンはふらふらする右手でリヴォルヴァー銃を握り、小さい円を描く銃口をハロランの胸に定めて、引き金を二度絞った。

ハロランがドゥーリンのほうへ近づいてきた。ドゥーリンは喉の奥で耳障りな音を立てて、数フィートうしろにこそこそと下がり、リヴァルヴァー銃を弱々しく前に向けて、また発砲した。

ハロランの顔は冷淡で、平然としていた。その目は頭蓋骨にあいた大きな黒い穴のようだった。ゆっくりとドゥーリンのほうへ近づいてきた。

ドゥーリンは何か言おうとしたが、言葉が喉につかえた。すると、ハロランが彼の体の上に現われ、ひどく重いものがドゥーリンの額に痛烈に当たり、突然目の前が真っ暗になった。

ゆっくりと、ドゥーリンは意識を取り戻し、目を閉じたまましばらく横になっていた。神経を捻《ひね》ったような鋭い痛みが頭の中に走った。手を頭にやってから離すと、べとべとした。

両目をあけた。完全に真っ暗だった。冷たくて、どこまでも暗闇だった。完全に静かだった。

突然、笑った。静かな部屋で妙にヒステリカルな声だった。すると、突然パニックに見舞われた。なんとか膝を床について起きあがったが、急な動きのせいで頭がずきずきして、もう少しで倒れるところだった。ゆっくりと立ちあがると、ポケットの中をまさぐって、マッチを見つけ、火をつけた。

マーティネリの体は部屋の壁に背中をもたせかけながら、床にぐたっとすわり込んでいた。ほかには誰もいなかった。ドゥーリンのリヴァルヴァー銃がマッチの明かりを受けて、床の上で薄暗く光った。ドアはあいたままだった。

ドゥーリンはもう一本のマッチに火をつけて、リヴォルヴァー銃と帽子をつかみあげた。ハンカチーフを取り出して、顔を拭くと、ハンカチーフは濡れ、赤黒くなった。

ふらふらとドアのほうへ歩いて、暗い階段をおりた。

人気《ひとけ》のないバー・カウンターの上で、薄明るい球状電燈がついていた。壁伝いに歩いて、入口ドアの重い閂《かんぬき》をあげ、外に出て、うしろ手にドアをしめた。表は少しの雨が降っていた。冷たい霧雨だった。

新鮮な空気を両肺に大きく吸い込んで、雨水でハンカチーフを濡らし、顔についた血を拭き取ろうとした。そして、早足で暗い通りをブロードウェイ方面へ向かった。ドラッグストアの店主は分厚い眼鏡レンズのむこうのドゥーリンを見ると、ドラッグストアの奥を手ぶりで示した。

ドゥーリンは言った。「オキシドールとか絆創膏《ばんそうこう》とかがほしい。事故に遭ったんだ」そして、ドラッグストアの電話ブースにはいると、〈フォンテノイ・アパートメンツ〉の電話番号を見つけ、電話をかけて、ミセズ・セアを呼び出した。

「ミセズ・セアは応答しません」と交換手が言った。

ドゥーリンは電話を切ると、ブースを出て、鏡の前で顔から血を拭き取った。一人の少女が目を大きく見開いて、ドラッグストアのソーダ・ファウンテンから彼を見つめた。店主が言った。「タクシーは……？」

ドゥーリンはうなずいた。

店主が尋ねた。「絆創膏はどれだけ必要ですか？」

ドゥーリンが言った。「忘れてくれ。思ってたほどひどくはない」

彼は帽子をあみだにかぶり、店の外に出ると、タクシーに乗って言った。「ハリウッドの〈フォンテノイ・アパートメンツ〉まで。急いでくれ」

ローラ・セアの声が尻あがりの抑揚《よくよう》で言った。「はい」

ドゥーリンはドアをあけて、中にはいった。

ローラは、長くて深紅色のシェードがついたフロア・ランプの下で低い椅子にすわっていた。部屋の中では唯一の明かりだった。彼女の両腕は剝き出しになっていて、椅子の肘かけの上にまっすぐ伸び、両手は肘かけからぶらぶらと垂れていた。黒髪の頭は椅子の背板にもたれ、顔は強張《こわば》り、両目は大きくあき、虚ろだった。

ドゥーリンは帽子を脱いで言った。「いったいどうして電話に出ないんですか?」

彼女はしゃべらず、身動きもしなかった。

「ここから出たほうがいいですよ、今すぐ」ドゥーリンは彼女に近づいた。「ハロランがマーティネリを殺したんです。そして、マーティネリは死ぬ前にあなたのことを話しました。ハロランがあなたに会いにやって来るでしょう……」

彼女の虚ろな目が、彼の顔から彼の背後にある薄暗がりのどこかにゆっくりと動いた。彼は彼女の視線を追って、ゆっくりと振り向いた。

ハロランがドア近くの壁際に立っていた。ドゥーリンがはいってきたとき、ドアがハロランの姿を隠していたのだ。ドゥーリンは片手を出して、ドアをそっと押した。ドアはかちっと鋭い音を立てて、しまった。

ドゥーリンの目が部屋の薄暗がりに慣れると、ハロランの姿がはっきりと見えた。ハロランは壁にもたれていた。彼のライト・グレイのスーツの右肩と右胸が暗く濡れていた。左手に短いルガー銃を握っていた。

ハロランが言った。「おまえは少し遅すぎたな……」

ルガー銃が轟音を吐いた。

ローラが両手を胸の真ん中低めにあげた。頭部がゆっくりと前に出た。彼女は立ちあがり始めると、ルガー銃がハロランの手の中で跳びはね、また轟音を放《はな》った。

同時に、ドゥーリンはリヴォルヴァー銃を低く握ったまま発砲した。二つの銃声は同時に聞こえ、暗く狭い部屋に鳴り響いた。

ハロランは樹木のように傾いた。ゆっくりと硬直した状態で、腕は脇に下げたままだった。そして、床にどさっと倒れ込んだ。

ドゥーリンはリヴォルヴァー銃を落とし、おぼつかない足取りでローラ・セアのほうへ向かった。両膝が突然折れ、体が前方に崩れた。
誰かがドアをどんどんたたいていた。

ドゥーリンは頭にヨード液を塗り終えると、両手を洗い、自分のアパートメントの小さいリヴィングルームにはいった。朝一番の冴えない光が窓の外をグレイの景色に変えた。窓のシェードをおろして、簡易キッチンにはいると、コーヒー・パーコレーターの下のガスに火をつけた。

コーヒーが熱いあいだにカップに注ぎ、放心状態のままその中に四個の角砂糖を落として、リヴィングルームに運んだ。ダヴェンポート・ソファにすわると、エンドテーブルにコーヒー・カップを置いて、電話機をつかみあげ、番号をダイアルした。

そして言った。「もしもし、グレイス？　モリーはいるかい？……」しばらく耳を傾けてから続けた。「そうか、そこにいると思ったんだ。起こしてすまなかった……」電話を切り、湯気の立つコーヒーをすすった。

数分後、電話機をつかみあげると、またダイアルして言った。「よく聞いてくれ、グレイス、頼むからモリーを出してくれ……ええい、くそっ！　そこにいることはわかってるんだ。頼むからおれと話をするように言ってくれ……」

そして、にこりと笑って、しばらく待ってから言った。「やあ、ダーリン……よく聞いてくれ、頼むから帰ってきてくれないか?……なあ、ハニー、きみの言うとおりのことをしたよ、すべて大丈夫だ……うん、うん、……ハロランは死んだ。それにマーティネリも……うん、うん……ローラ・セアはかなりひどい銃創を負ったが、事件を片づけられるほどの証拠はあまり持っていない……うんうん……」

彼は手を伸ばして、カップをつかみあげると、コーヒーをごくごくと長く飲み続け、受話器ににこっと笑いかけて言った。「もちろんだ、おれは大丈夫だ。頭にちょっとした傷を負ったが、大丈夫だ……もちろん、もちろん、おれたちが正しかった……わかったよ、ハニー。待ってるよ。急いでくれ……じゃあな……」

彼は電話を切ると、口元を歪めて、大きくにやにや笑いを浮かべ、コーヒーを飲み干して、煙草に火をつけ、待った。

鳩の血
Pigeon Blood

その女はオープンカーのハンドルにおおいかぶさるように上体を前に屈めていた。その目は黒く縁取られた長い切り口のように細くなり、前のきらきら光る濡れた道路からフロントガラスの上の小さいルームミラーのほうへひんぱんに動いていた。ルームミラーに映る丸くて白い二個のライトがだんだん大きくなっていった。女はゆっくりと着実にアクセル・ペダルを踏んだ。荒れ狂う風の音と高馬力のエンジンの低い快音しか聞こえなかった。

突然、鋭い亀裂音がした。フロントガラスに霜模様のような小さい円形が現われた。女はアクセルを床まで強く踏んだ。顔面蒼白だった。目は突然大きく開き、暗い懸念の表情を浮かべた。唇は固く閉じられていた。車が長くゆるやかなカーヴを曲がるときに、タイヤが濡れた歩道の上で軋《きし》んだ。追跡車のヘッドライトが大きくなった。

二発目と三発目の銃弾は外れたが、車体のどこか当たり障りのないところに埋もれてしまった。四発目が左うしろのタイヤに当たると、車が異常に曲がり、道路の真ん中で横すべりした。まさに突然、真ん前の道路脇に明るい黄色の光が現われた。女はブレーキを踏み込み、鋭くハンドルを切った。タイヤがすべり、ガソリン・スタンドの前の砂利石の上で耳障りな甲高い音を立てて車がとまった。うしろの車が時速七十五マイルで通りすぎた。最後の銃弾が女の横の座席の背面にめり込んだあと、その車は暗闇の中に消えた。

二人の男がガソリン・スタンドの事務所から駆け出してきた。別の男がドア口に立っていた。女は座席にもたれたまま、目をやけに大きくあけていた。そして、不規則に荒い呼吸をしていた。

男の一人が手を彼女の肩に置いて尋ねた。「大丈夫ですか、奥さん?」

女はうなずいた。

もう一人が尋ねた。「拳銃強盗ですか?」背の低い中年男で、その目は好奇心で輝いていた。

女はハンドバッグをあけて、煙草を取り出した。震える声で言った。「そう思うわ」ダッシュボードのライターを引き抜いて、赤くなるまで待ち、煙草に近づけた。
若いほうの男は車の後部を調べていた。そして言った。「タンクに穴があいてます
ね。ここで車をとめたのは正しい判断でしたよ。これ以上は走れなかったでしょう」
「ええ。車をとめたのはとっても正しい判断だったわ」女は無意識に言った。そして、
紫煙を深く吸い込んだ。
もう一人の男が言った。「今週三度目の拳銃強盗ですよ」
女が若い男に話しかけた。「タクシーを呼んでくれないかしら？」
若い男が言った。「もちろん」そして、パンクしたタイヤのそばにひざまずいた。
「見ろよ、エド。もう少しでタイヤが裂けるところだったな」
ドア口の男が大声で言った。「タクシーを呼びましょうか、奥さん？」
女はほほえんで、うなずいた。その男はガソリン・スタンド事務所の中に消えた。
一分して、ドア口に戻ってきて、車に近づいた。「もうすぐタクシーが来ますよ、奥
さん」と言った。
女は礼を言った。
「ここはロング・アイランドで一番物騒な地区ですよ、強盗が多くてね」その男は車

のドアにもたれかかった。「あなたの車にごつんごつんとぶつかってきて、脱輪させようとしたんですか？　それとも、突然銃を撃ち始めたんですか？」

「突然撃ち始めたのよ」

男が言った。「ここには修理工場があるんですけど、あなたの車を修理しましょうか？」

女がうなずいた。「修理に何日ぐらいかかるかしら？」

「二日ぐらいです。クイーンズの支店から新しいフロントガラスを取り寄せないといけませんし、あのタンクを取り出して……」

女はハンドバッグから名刺を取り出すと、その男に渡して言った。「修理ができたら電話してちょうだい」

しばらくして、タクシーが横道の暗闇から現われた。女は自分の車からおりて、タクシーのほうへ近づくと、運転手に話しかけた。「マンハッタンへ行ける近道をご存じかしら？　少し前に誰かが大通りでわたしに強盗を働こうとしたのよ。もしかしたら、まだどこかで待ち伏せてるかもしれない。強盗なんかに遭いたくないわ。家に帰りたいのよ」女はやけに最後の部分を強調した。

運転手は赤ら顔の大柄なアイルランド人だった。にやりと笑って言った。「奥さん、近道なら何万も知ってまさあ。おいらと一緒だと、自分の家にいるみたいに安全ですぜ」

女は自分の車のまわりにいる三人の男に別れのあいさつをするつもりで、手をあげてからタクシーに乗った。タクシーが視界から消えると、名刺をもらった男がそれをポケットから出し、細目で見て、名前を読みあげた。「ミセズ・デイル・ハナン。パーク・アヴェニュー五百八十番地か」

背の低い中年男が物知り顔で首を前後に振った。「思ったとおりだ」と言った。「品があることはわかってた。百万長者のハナンの奥さんだ。ハナンは石油で財を成した、オクラホマでな。ハナンがどうやって金持ちになったのか、ハナンの運転手が教えてくれたよ。最初、ハナンはわずかな元手も何もなかった。それで、自分の足の親指を拳銃で撃ち、障害保険で一万ドルを受け取った。それが最初の油田を購入する元手になった。頭のいいやつだ。ロズリンに広い土地を持ってるんだ」

名刺を持った男がうなずいて言った。「それはいい。修理代を高くふっかけてやろう」そして、名刺をポケットに戻した。

タクシーが六十三丁目とパーク・アヴェニューの角の近くにとまると、女はおりて、運転手に料金を支払い、アパートメント・ハウスに急ぎ足ではいった。自分のアパートメントで、ロング・アイランドのロズリンに長距離電話をかけた。電話がつながると、女は言った。「デイル、もう公然の秘密になったわ。わたしが街に帰る途中に尾行されて、狙撃されて、車はもう少しで大破するところだったのよ……どうしたらいいのか、わからない。これからクランダルに電話して、たとえ脅《おど》しを実行に移さないと……警察に通報しないと言っても、あいつはたぶんわたしを殺させるでしょうね、念を入れるために……ええ、外には出ないわ、わたし、怖いから……わかったわ、あなた。さよなら」

女は電話を切ると、広い中央テーブルへ向かい、トール・グラスにウィスキーを注いで、すわり、グラスを虚ろな目で見つめた。その手は少し震えていた。突然、歪んだ笑みを浮かべ、グラスを口に運び、飲み干した。それから、グラスを床に置いて、椅子の背にもたれ、手首の小型腕時計をちらっと見た。九時十分すぎだった。

十時少しすぎに、黒のパッカード・タウンカーが東五十四丁目にある幅の狭い灰色火山岩造りの建物の前にとまった。長身の男が車をおりて、歩道を横切り、ベルを鳴らした。車は走り去った。ドアがあくと、その長身の男は明るく照らされた長い玄関ホールにはいり、帽子とステッキを一時預り所の係員に渡して、狭い階段を早足であがり、三階へ行った。混んだ広い部屋を見渡してから、五十四丁目側の窓際にある隅まで部屋を横切り、小さいテーブルの手前の椅子にすわると、むかいの男に弱々しい笑みを見せて言った。「ミスター・ドルーズとお見受けしましたが」

むかいの男は年齢が五十歳前後で、体格はがっしりとしていて、贅沢《ぜいたく》な暮らしをしているらしく、身なりもよかった。ふさふさした白髪混じりの髪はうしろにきちんと均等に梳《と》かしてあった。折りたたんだ新聞をテーブルにおろして、長身の男を考え深く見つめた。

そして言った。「ミスター・ハナン」その声はやけに低く、金属的だった。

長身の男は短くうなずくと、椅子の背にもたれて、薄い胸板の前で両腕を組んだ。年齢不詳で、たぶん三十五から四十五のあいだだろう。無色の薄い髪は短く刈り込んであり、骨張った長い顔はかなり日焼けしていて、濃い褐色の大きい目を際立たせる鮮明な背景になっていた。口元は歪み、常に動いていた。

彼が尋ねた。「ジェフリー・クランダルをご存じですか?」

ドルーズはしばらく無表情でハナンを一様に注視してから顔をあげて、ウェイター に合図した。ハナンはウィスキー・サワーを注文した。

ドルーズが言った。「ミスター・クランダルは少し存じてます。どうしてです?」

「一時間ちょっと前に、クランダルかクランダルの部下たちが、ロズリンにあるわたしの邸宅から車で帰宅途中のミセズ・ハナンを殺そうとしたんです」ハナンは上体を前に傾けた。その目は大きく見開き、心配そうだった。

ウェイターがハナンのウィスキー・サワーを持ってきて、ドルーズの前のテーブルにペリエの小さいびんと小さいグラスを置いた。

ドルーズはそのスパークリング・ウォーターをゆっくりとグラスに注いだ。「それで?」

ハナンは自分のカクテルを飲んだ。そして言った。「これは警察の関わる問題じゃないんですよ、ミスター・ドルーズ。あなたはこういう性質の事柄に興味をお持ちだと理解していますので、失礼を顧《かえり》みずにあなたに電話をかけて、会う約束を取りつけたのですよ。興味をお持ちですか?」彼は神経質になり、居心地が悪そうだった。

ドルーズは肩をすくめた。「どういう性質ですか?　あなたが何の話をしているのかわかりませんね」

「申し訳ありません。わたしは少し気が動転しているようです」ハナンはにこっと笑みを見せた。「あなたの口の堅さを信頼してもいいんでしょうか?」

ドルーズは顔をしかめた。「そう思いますがね」とゆっくり言った。ペリエを半分ほど飲むと、まるでやけにひどい味がするかのように、細目でグラスを見た。

ハナンが意味なくにこっと笑った。「ミセズ・ハナンをご存じですよね?」

ドルーズはゆっくりと首を横に振って、グラスをテーブルの上でぐるぐるとまわした。

「わたしたちは七年のあいだ別居してるんです」ハナンは続けた。「まだお互いのことがとても好きですし、とてもいい友人同士ですが、うまくやっていけないんですよ、一緒にいるとね。おわかりになりますか?」

ドルーズはうなずいた。

ハナンはカクテルを一口飲んでから、すぐに続けた。「妻のキャサリンはギャンブルに目がなくて、やめられないんです。ずっとそうなんです。結婚する前に、妻は自分の相続財産の大部分を使い果たしてしまいました。それも、かなりの金額でした。別居してから、妻は十一万五千ドルぐらいをギャンブルで失いました。もちろん、わたしが妻の借金を支払いました」ハナンはほんの少し咳込んだ。「今夜、妻はロズリンにいるわたしに電話をかけてきて、すぐに会いたいと言いました。非常に重要な用件だと。わたしは自分のほうから街へ行くと申し出ましたが、妻は自分がロズリンの家へ行くと言ったんです。そして、七時頃にやって来ました」

ハナンは話を中断すると、目を閉じて、片手の二本の指を額に当てて、ゆっくりと上下にこすった。「妻はクランダルと非常にまずい状況に陥りました」そして、目をあけて、手をテーブルにおろした。

ドルーズはペリエを飲み終えると、グラスを置いて、ハナンを注意深く見つめた。

「三週間ほど前」ハナンが続けた。「キャサリンがクランダルに借りた金額は六万八千ドルに達しました。妻は負けた金を取り戻そうというギャンブラーのよくある幻想を抱いて、非常に高額のギャンブルを続けていたんです。妻はわたしに助けを求めるのをためらっていました。わたしが投機で何度か大損したことを知ってたからです。妻はわたしに助けを求めることを先延ばしにして、負けた金を取り戻そうとしていたのですが、ついにクランダルが金の支払いを要求したのです。妻は支払えないとクランダルに言いました。そこで、二人は一緒に負債額を手に入れる策略を考えつきました。キャサリンはルビーのアクセサリー・セットを持ってました。ピジョン・ブラッド、鳩の血というやつで、五、六代前から妻の家に伝わっていました。おそらく、約十七万五千ドルの価値があるでしょう。妻の父親が四十年前に十三万五千ドルの保険を掛け、保険の掛け金は全額支払い済でして……」ハナンはウィスキー・サワーを飲み終え、椅子の背にもたれた。

ドルーズは言った。「その策略とはこういうものだと仮定できますね。そのルビーが消えた。ミセズ・ハナンは保険金の支払いを請求し、クランダルに借金を支払い、六万七千ドルを手元に残したあと、ずっと楽しい生活を送るというわけです」

ハナンは咳払いをした。その顔はかすかに赤くなっていた。「そのとおりです」

「さらに、こう仮定しましょう。保険会社は支払い請求の正当性を疑わなかった。そして、保険金を支払った。そのあと、ミセズ・ハナンはクランダルに借金を支払ったと」

ハナンはうなずいた。そして、ポケットから鼈甲《べっこう》製のケースを出して、ドルーズに煙草を勧めた。

ドルーズは首を横に振って尋ねた。「保険会社の調査員たちは真相に近づいているのですか? 調査員たちのせいでクランダルか、盗みを実行した人間は不安になっているのですか?」

「いいえ。窃盗計画は巧妙に練られていました。クランダルはそのことを懸念しているのではないと思います」ハナンは煙草に火をつけた。「でも、キャサリンはルビーのセットを返してもらいたかったんです。もちろん、合意したとおりのことです」そして、上体を前に傾けて、両肘をテーブルについた。「クランダルは模造ルビーを妻に返しました。ただ、それが本物ではないことに、妻は数日前に気づいたわけです」

ドルーズはにこっと笑い、ゆっくりと言った。「その場合、ミセズ・ハナンと問題を起こしたのはクランダルのほうだと考えられますね。クランダルと問題を起こしたのはミセズ・ハナンのほうだというわけではなく」

ハナンは長いあご先を縦に振った。「ここはニューヨークなんですよ。クランダルみたいな男たちは好き勝手なことをします。キャサリンがクランダルに文句をつけに行くと、あいつは妻を嘲笑《あざわら》いました。あいつが返したルビーのセットは盗んだルビーだと言ったんですよ。妻には返却を請求する権利がありません。保険金詐欺を共謀したことを認めなければね。それが厄介事の原因なんです。妻はまさに共謀を認めるぞと威《おど》したんです」

ドルーズは目を大きく見開いて、ハナンを見つめた。

「キャサリンは非常に衝動的な女なんです」ハナンは続けた。「ルビーを失い、すっかり馬鹿にされたことで非常に激怒して、クランダルを威したんです。ルビーのセットを三日以内に返さないと、あの男がしたことをばらすぞと言いました。あの男がルビーを盗んだことをね。自分が共謀したことが明らかになる危険を冒すつもりだと。もちろん、妻は話すつもりはありませんが、必死だったし、ルビーを返してもらうためには、クランダルを威すしか方法がないと思ったんです。そして、クランダルを信じさせました。水曜日にあの男にそう言ってから、妻はずっと尾行されてます。明日の土曜日が三日目になります。今晩車でニューヨークに戻る途中、妻は尾行され、狙撃され、もう少しで殺されるところでした」

「奥さんはもう一度クランダルに連絡を取ろうとしたんですか?」

ハナンは首を横に振った。「妻は頑固にもあの男がルビーのセットを返すのを待ってるんです。今晩、大変な目に遭うまではね。今、妻は怯えています。クランダルはもう信じてくれないから、今さらあの男に話しにいっても無駄だと、妻は言うんです。それに、妻を始末するほうが、あの男にとっては簡単なことだとね」

ドルーズはウェイターに合図して、勘定書を持ってくるように頼んだ。「奥さんは今どこにおられますか?」

「自分のアパートメントです。六十三丁目とパークの角です」

「あなたはどうするつもりなんですか?」

ハナンは肩をすくめた。「それで、あなたに相談しにきたんですよ。どうすればいいのか、わかりません。あなたとあなたの仕事については友人から聞いていますし……」

ドルーズはためらい、ゆっくりと言った。「わたしは自分の立場を明らかにする必要がありますね」

ハナンはうなずいて、新しい煙草に火をつけた。

「わたしは正直が最善の策だと実際に信じている数少ない人間の一人です」ドルーズが続けた。「正直さがわたしのビジネスです。わたしは本来ビジネスマンなので、正直さで報酬を得ています」

ハナンは満面の笑みを浮かべた。

ドルーズは上体を前に傾けた。「わたしは厄介事の処理人ではありません」と言った。「わたしの交際範囲は広く、分野もいろいろです。幸いにも、ある種の影響を及ぼすことができます。しかし、第一に、さらなる正義を求めます。法律上の正義とは対照的な本当の正義のことです。わたしは長いあいだ判事をしていたので、その違いを痛切に感じています」彼の大きな顔にしわが寄り、にやにやとおおらかな笑みを作った。「そして、報酬をいただきますよ、たっぷりとね」

ハナンが言った。「わたしの案件に興味を持ちましたか？」

「ええ」

「五千は満足できる額でしょうか、依頼料として？」

ドルーズは広い肩をすくめるような調子で動かした。「あなたはそのルビーのセットに十七万五千の値段をつけましたね」と言った。「わたしはそのルビーのセットを取り戻し、ミセズ・ハナンの命を守ることを引き受けました」彼は一心にハナンの顔を見つめた。「ミセズ・ハナンの命にいくらの値段をつけますか？」

ハナンは照れくさそうに顔をしかめて、口の両端を下げた。「もちろん、それは無理な……」

「それも十七万五千としましょう」ドルーズは気楽に笑みを浮かべた。「合計で三十五万になります。わたしは十パーセントの報酬で仕事をやります。つまり、三万五千ドルの報酬でね。前金として、まずその三分の一をいただきます」彼はまだ気楽に笑みを浮かべながら、椅子の背にもたれた。「前金は一万ドルで充分でしょう」

ハナンはまだ照れくさそうに顔をしかめていた。そして、「成立です」と言って、ポケットから小切手帳と万年筆を取り出した。

ドルーズが続けた。「どちらか一方の目的に失敗したとしても、もちろん、あなたの小切手をお返しします」

ハナンは首を縦に振ると、一分後に小切手を切り、読みにくいサインを書き殴って、テーブルの向こうにいるドルーズに手渡した。ドルーズはドリンク代を支払い、ハナンの電話番号とミセズ・ハナンのアパートメントの住所を書きとめた。二人は立ちあがると、階段をおりて、その建物から出た。ドルーズは一時間以内に電話をかけるとハナンに言ってから、タクシーに乗った。ハナンはそのタクシーが東行きの通りの先に消えていくのを見送ってから、神経質に煙草に火をつけて、マディスン・アヴェニューのほうへ歩いた。

ドルーズが言った。「ミスター・ハナンに頼まれてきたと伝えてほしい」

電話交換手は送話器に話しかけてから、ドルーズのほうを向いた。「階上《うえ》にあがってください。3D号室です」

「どうぞ」ものうげな口調の返事が聞こえると、ドルーズはドアを押しあけて、アパートメントにはいった。キャサリン・ハナンは中央テーブルのそばに立っていた。体を支えるために片手をテーブルに置き、もう一方の手は長い青のローブのポケットに入れたままだった。苛酷すぎる生活をあまりにも速く過ごした女性がしばしば美しいように、彼女の美しさは成熟期に達した美しさだった。肌の色は濃く、目は大きく、黒く澄んでいた。そして、彫りが深く、かなり小さい顔の中で著しく目立っていた。その口は大きく、唇は深紅で、あごはとくに力強そうではなかった。

ドルーズはほんの少し頭を下げて言った。「体の具合はどうですか?」

彼女はほほえんだ。その瞼《まぶた》は重く、ほとんど閉じていた。「絶好調よ。あなたは?」

ドルーズはゆっくりと部屋の中にはいり、帽子をテーブルに置いて尋ねた。「すわってもいいですか？」

「もちろんですとも」彼女は頭を椅子のほうへ向けて、その場に立ち続けた。

ドルーズが言った。「酔っ払っていますね」

「そのとおりですわ」

彼は笑みを浮かべ、静かにため息をついた。「褒《ほ》めるに値する状態ですね。自分の胃がアルコールを受け付けないことをきわめて残念に思います」彼は何気なく部屋の中を見まわした。比較的暗い隅、分厚いカーテンがかかった窓のそばで、一人の男が床の上で仰向けに倒れていた。両腕はまっすぐ伸び、両脚は体の下で妙に骨折しているように曲がっていた。そして、顔には血がついていた。

ドルーズは太くて白い眉毛をあげて、ミセズ・ハナンの顔を見ずに話しかけた。

「この男も酔っ払っているんですか？」

彼女は短く笑った。「ええ、そう。違った酔っ払い方ですけど」そして、男のそばの床の上に落ちているゴルフのアイアンのほうにうなずきかけた。「少し9番アイアンを飲みすぎたんでしょう」

「お友だちですか?」

彼女は言った。「そうは思いませんわ。この男は手に銃を持って、非常階段からはいってきました。この男がわたしの姿を見る前に、たまたまわたしがこの男の姿を見たんです」

「その銃はどこですか?」

「わたしが持ってます」彼女はローブのポケットから黒いオートマティック小銃を半分だけ出した。

ドルーズはその男に近づき、そばにひざまずくと、男の片手をつかみあげた。そして、ゆっくりと言った。「この男は紛れもなく死んでいます」

ミヤズ・ハナンは立ったまま、たぶん三十秒ほど床の男を無言で見つめた。そして、壁際のデスクによろよろと近づくと、ウィスキーのびんをつかみあげて、たっぷりとグラスに注いだ。ウィスキーを飲んでから、体の向きを変えてデスクに寄りかかり、大きく見開いた目でドルーズの顔をぼんやりと見つめた。「それで、どうしますか?」

「それで、気をしっかり持って、このことは忘れてください。しばらくのあいだ、考えるべきもっと重要なことがありますから」ドルーズは立ちあがった。「どのくらい前のことですか？」

彼女は身震いをした。「三十分ほど前です。どうすればいいのかわからなかったので……」

「クランダルに連絡しようとしましたか？　このことが起こる前に、今晩ここに帰ってきてから？」

「ええ、でも、連絡できませんでした」

ドルーズは椅子のほうへ向かい、すわった。そして言った。「ミスター・ハナンからこの案件を任せられました。どうぞすわって。いくつかの質問に答えてくださいませんか？」

彼女はデスクの近くの低い椅子にどさっとすわった。「あなたは探偵ですの？」その声はまだやけに低く、不自然だった。

ドルーズはにこっと笑った。「わたしは弁護士です。一種の超法規的な弁護士ですね」そして、考え深く彼女を注視した。「もしあなたのルビーのアクセサリー・セットを取り戻し、あなたの身の安全を請け合い、そして……」ほんの少し咳払いをした。

「……保険会社に保険金を返済することをミスター・ハナンに納得させたら、あなたは文句なく満足しますか？」

彼女はうなずいて、話そうとした。

ドルーズが彼女の言葉を遮《さえぎ》った。「ルビーのセットそのものは本来の鉱石としたら、あなたにとってものすごく大切なものですか？　それとも、あなたのこの派手なスタンドプレイ——つまりクランダルを威すことですが——むしろ自尊心のような具体性のない要素によって誘導されているのですか？」

彼女はかすかにほほえみ、うなずいた。「わたしにどれだけの自尊心が残っているのか神様しかご存じないですが、こんなにひどい馬鹿者にも自尊心は残っています。クランダルに十万ドル以上も借金をしたあとに、こんな愚か者扱いを受けたことで、あんな行動に出たんです」

ドルーズはにこっと笑った。「ルビーのセットそのものは……」と言った。「鉱石としてのルビー・セットは、自尊心のような異質の要素をまったく考慮しなければ、ミスター・ハナンにとって、もっと重大な関心事なのではありませんか？」

彼女が言った。「もちろんですわ。主人はいつも宝石に取りつかれていますから」

ドルーズは長い鼻の先を考え深げに掻いた。その目は大きく見開き、虚ろだった。

分厚い唇は固く閉じられ、両端が下がっていた。「クランダルの店を水曜日に出たあと、尾行されたことは確かですか？」

「実際には目撃してませんが、確かです。どちらかと言うと、尾行されているような感覚でした。そういう考えが頭に浮かんだあとでは、もちろん、十人ほどの男の姿を見たと断言できるでしょう」

彼が言った。「前にもそういう感じを覚えたことはありますか？　つまり、クランダルを威す前のことです」

「いいえ」

「ただの想像かもしれません。あなたが尾行されるのを予想していたからです。尾行される理由はありましたか？」

彼女はうなずいた。「でも、今晩の出来事は想像ではなかったことは確かです」

ドルーズは両肘を膝頭に置いて、上体を前に寄せた。一心に彼女の顔を見て、やけに真剣な声で言った。「わたしはあなたのルビーのセットを取り戻すつもりです。そして、あなたの身の安全を守ります。そのうえ、保険会社への賠償金の件も解決することを約束しましょう。ミスター・ハナンにはそれについて話をしたのですが、その正当性をわかってくださるはずです」

彼女はかすかにほほえんだ。

ドルーズは続けた。「わたしはその三つを約束します。その代わり、あなたにはわたしが指示したとおりのことを明日の朝まで実行していただきたいのです」

彼女のほほえみは緩《ゆる》んで、むしろ酔いを帯びた短い笑いに変わった。「赤ん坊たちに毒を呑まさないといけないのかしら？」彼女は立ちあがって、ウィスキーを注いだ。

ドルーズが言った。「それはあなたにしてほしくないことの一つです」

彼女はグラスをつかみあげると、真剣な表情を装って、彼にしかめ面を見せた。「あなたは道徳家なのね」と言った。「それはわたしがするつもりのことの一つよ」

彼はほんの少し肩をすくめた。「今晩もう少しあとで、非常に重要で非常に繊細な仕事をあなたにしていただきます。最良の仕事かもしれないと思いましたのでね」

彼女は半ばほほえみながら、しばらく彼の顔を見た。そして、笑うと、グラスを置いてバスルームへ行った。彼は椅子の背に心地よくもたれて、天井を見つめた。両手を椅子の肘かけに置いたまま、短くて太い指を使って想像上の天秤にかけてみた。

しばらくして、彼女が部屋に戻ってきた。ちゃんと外出着に着替え、手袋をはめていた。頭を床の男のほうへ向けると、一瞬、アルコールによるいくらかの平静心を忘れて、また身震いをした。その顔は真っ青で、歪んでいた。

ドルーズは立ちあがって言った。「この男はしばらくこのままとどまっていなければいけないんです」そして、分厚いカーテンをしめた窓のほうへ向かい、外部非常階段に寄ると、カーテンをあけて、窓に鍵をかけた。「アパートメントにはいるドアはいくつありますか?」

「二つ」彼女はテーブルの近くに立っていた。スーツのポケットから黒いオートマティック銃を取り出すと、テーブルから灰色のスエードのハンドバッグをつかみあげて、拳銃をその中に入れた。

彼は無表情で彼女の行動を見守った。「鍵はいくつですか?」

「二つ」彼女はほほえんで、ハンドバッグから二つの鍵を取り出して、つまみあげた。「別にもう一つありますが、その合鍵は管理人が持ってます」

彼が言った。「いいでしょう」そして、テーブルに近づき、帽子をつかみあげて、頭にかぶった。二人は廊下に出ると、ドアをしめて、錠をおろした。「この建物に通用口はありますか?」

彼女はうなずいた。

「そこから出ましょう」

彼女は先に立って廊下を歩き、階段をおりて六十三丁目に続く通用口のドアの前まで来た。二人はそのドアから外に出て、六十三丁目を歩き、レクシントン・アヴェニューでタクシーに乗った。彼は四十丁目とマディスン・アヴェニューの角まで行ってほしいと運転手に告げると、座席の背にもたれて、窓の外を見た。「あなたとミスター・ハナンはいつ離婚なさったんですか?」

彼女はすぐに答えた。「わたしたちが離婚していると主人が言ったんですか?」

「いいえ」ドルーズはゆっくりと彼女のほうを向いて、ゆっくりと笑みを浮かべた。

「じゃあ、どうして離婚していると思ったんですか?」

「思ってませんよ。ただ確かめたかっただけです」

「離婚していません」彼女はいやに強調した。

彼は何も言わずに待った。

彼女は横目で彼のほうをちらっと見て、彼が話の続きを待っていることを察した。

そして、穏やかに笑った。「主人は離婚を望んでいます。数カ月前に、主人から離婚してほしいと頼まれました」彼女はため息をつき、両手を膝の上で神経質に動かした。「それも自分が誇りに思っていないことの一つです。離婚したくないんです。理由はわかりません。わたしたちはまったく愛し合っていませんでした。実際に結婚して長くはたっていません。でも、わたしは待っていたんです。結婚生活から何かを得られるんじゃないかと望みながら……」

ドルーズがそっと言った。「わかりました。残念ながら、訊く必要があったんです」

彼女は答えなかった。

しばらくして、タクシーがとまった。二人はおりて、ドルーズが料金を支払った。二人は通りを斜めに横切って、区画の中ほどにあるオフィス・ビルディングにはいった。ドルーズは黒人のエレヴェーター・ボーイに心安く話しかけた。二人は四十五階でおりて、狭い階段で二階上まであがった。重い鋼鉄製の防火扉を抜け、狭い橋を渡って、屋上の片側を占めている二階建てのだだっ広いペントハウスに着いた。ドルーズがベルを鳴らすと、細面のフィリピン人ハウスボーイが二人を中に通した。

ドルーズは、やけに広くて天井の高い部屋に案内した。その部屋はペントハウスそのものの奥行きとほとんど同じ横幅を占めていた。上品で明るい家具が備わっていて、片方は広いテラスに続いていた。二人はテラスに出た。デッキ・チェアやキャンヴァス地のスウィング・チェア、低い丸テーブル、多数の鉢植えや低い樹々が点在していた。タイルの床はところどころでココナツ・マットでおおわれていた。片側全体にやけに広くてあざやかな縞模様の天幕が伸びていた。ずっとむこうの端は、リヴィングルームからの明かりが薄れて暗闇になり、床が急に消えていた。そこには手すりも欄《らん》干《かん》もなかった。一番近くにある同じ高さのビルディングは数ブロック先だった。

ミセズ・ハナンはすわって、アッパー・マンハッタンの遠くできらめいている明かりを見つめた。街の轟音がやけに遠くの波音のように、かすかに聞こえた。彼女が言った。「とっても美しいですわね」

「あなたにそう思っていただいて、嬉しいです」ドルーズは遠くの縁へ行き、下をのぞいた。「わたしはここに手すりをつけたことがないんですよ」と言った。「死に関心があるからです。わたしは落ち込むたびに、数フィート離れた自分の飛び降り場所を見て、人生はすごく魅惑的なものだと思い出すんですよ」彼はその縁を見つめて、指であごを撫でた。「乗り越えるものもないし、あけるべき窓もないし、ただ歩き続けるだけです」

彼女はしかめ面でほほえんだ。「道徳家なのね、しかも病的なほど。自殺を提案するために、ここへわたしを連れてきたんですか？」

「じっとすわったままで景色を華やかにしていただくために、ここへ連れてきたのです」

「それで、あなたは？」

「わたしは狩りに出かけます」ドルーズは彼女に近寄ると、立ったまま顔をしかめて彼女を見おろした。「なるべく早く戻るようにします。ハウスボーイがあなたの希望するものを持ってきます。おいしいウィスキーがなくてはやりきれなければ、それも持ってきます。この景色を見ていれば、好きになってくるでしょう。中にはいれば、悪魔教や悪霊学や妖術に関する世界有数の書籍コレクションが見つかるでしょう」彼は頭や目で示した。「誰にも電話をかけないでください。それに、ここにいてください。たとえわたしの帰りが遅くても」

彼女は漠然とうなずいた。

彼はリヴィングルームに続く広いドアに近づくと、振り向いて言った。「もう一つ。ミスター・ハナンの弁護士は誰ですか？」

彼女は好奇の目で彼を見た。「マーロン＆スタイルズ法律事務所ですわ」

彼は片手をあげて、敬礼した。「では、あとで」

彼女はほほえんで言った。「あとで。収穫のある狩りを祈ってます」

彼はリヴィングルームにはいると、一分ほどフィリピン人のハウスボーイと話をしてから、出かけた。

ビルディングの入口のむかいにあるドラッグストアへ行くと、電話ブースにはいり、ハナンにもらった電話番号にかけた。ハナンが応えると、ドルーズは言った。「非常に悪い知らせがあります。遅すぎました。ミセズ・ハナンのアパートメントに着くと、奥さんは電話に応えませんでした。わたしがお金で買収して中に入れてもらうと、奥さんの死体を発見したんです。まったく残念です。気持ちをしっかり持ってくださいよ……ええ、首を絞められていました」

ドルーズは薄気味悪い笑みを浮かべた。「いいえ、警察には通報していません。今のところ、事態をそのままにしておきたいのです。これからクランダルに会いにいきます。クランダルが一つの言い訳もできないように対処する方法を考えてあります。あの男に責任を取らせるつもりです。それに、ルビーのアクセサリー・セットも取り返すつもりです……今ではルビーがあなたにとってたいした意味を持っていないことはわかっていますが、少なくとも取り返すことはできます。そして、クランダルが振り切って逃げないようにつかまえておきますよ」最後の部分をやけに強調して、ときどき「ええ」とか「いいえ」とか答える以外はしばらく黙っていた。

そして、ついに言った。「三時半か四時頃には自宅におられますか？……その頃あなたに連絡したいもんでね……はい、あなたの気持ちはわかります。お気の毒です……では、あとで」彼は電話を切って、四十丁目に出た。

ジェフリー・クランダルは中肉中背の男で、短く刈り込んだ口ひげを生やし、緑がかった灰色の目と目のあいだが離れていた。保守的な身なりで、商売好調な不動産業者か株式仲買人のように見えた。

彼が言った。「久しぶりだな」

ドルーズは曖昧にうなずいた。彼はクランダルのやけに現代的な事務所のふかふかする革張りの椅子にすわっていた。隣には、その時点ではクランダルの〝場所〟であるミッドタウンのアパートメント・ビルディングの広い部屋がその事務所に隣接していた。彼は顔をあげて、壁にかかった絵画を一点ずつ一心に見つめた。

「何か特別なものでも？」クランダルはグリーン・ラッパーの葉巻の短い吸いさしに火をつけた。

ドルーズが肩越しに言った。「非常に特別なものだ」そして、最後の絵画の前に立った。ドガのやけに平凡なパステル画だった。かすかに不服そうに首を横に振って、クランダルのほうに向き直った。コートの内ポケットから銃身の短いデリンジャー銃を出して、椅子の肘かけの上で握った。銃口がクランダルの胸にぴたっと向いていた。

クランダルの目がゆっくりと開いた。口は少しあいたままになっていた。いやにゆっくりと片手をあげて、口から葉巻の吸いさしを離した。

ドルーズが繰り返した。「非常に特別なものだ」分厚い唇が歪んで、かすかな冷たい笑みを浮かべた。

クランダルはその拳銃を見つめた。まるで何気なく冷静に言葉を組み立てるために、とてつもない努力を注いでいるかのように話した。「どういうことだ？」

「ミセズ・ハナンのことだ」ドルーズは帽子をうしろに傾けて、あみだにかぶった。

「おまえが彼女のルビーのアクセサリー・セットを騙し取ったことだ。彼女が警察に訴え出るぞと威し、おまえが今晩の十時十五分頃に彼女を殺害させたことだ。彼女が実際に訴え出るんじゃないかと、おまえが恐れたからだ」

クランダルの緊張した顔がゆっくり和らいだ。笑みを浮かべようと、やけに懸命に努めた。「正気かよ?」と言った。その目は恐怖の色を帯びていた。そして、その耳障りで虚ろな声も恐怖の色を帯びていた。

ドルーズは何も話さなかった。冷酷な目はクランダルの目を突き刺すように見つめながら、待っていた。

クランダルは咳払いをして、椅子にすわったまま少し前に動き、両肘を広いデスクについた。

「ベルを鳴らすな」ドルーズはデスクの上に並ぶ象牙のプッシュ・ボタンの短い列をちらっと見た。

クランダルはベルを鳴らす考えがまったく頭に浮かばなかったかのように、声を出さずに笑った。「第一に」と言った。「おれは盗んだ宝石をあの女に返した。第二に、あの女がそのことをばらすぞという冗談をまったく信じてなかった」自信が戻るにつれ、ゆっくりと椅子の背にもたれ、やけにゆっくりと明確に話した。「第三に、そういう種類の事件のことでわざわざあの女を消すほど、おれは間抜けじゃない」

ドルーズが言った。「おまえの第三の理由に興味がある。すり替えられたルビーのセット、盗難のことを話すという彼女の威し、そのすべてがおまえには不利になる事件の火種にある。そうだろ?」

クランダルはゆっくりとうなずいた。

「ということで」ドルーズは続けた。「もしおれがたった今おまえの心臓を撃ったら、おまえが騙した末に、真相を暴かれるだろうと思ったために殺した女性の仇を討ったことで、おれは感謝されるだろう」

恐怖の色がクランダルの顔に突然戻った。クランダルは話を始めようとした。

ドルーズはクランダルを遮《さえぎ》り、話を続けた。「もちろん、おまえが自分の銃に手を伸ばせば、おれはおまえを撃つつもりだ。そうすれば、おれが勝手に制裁を加えるときの法律的な細かい規定とかそういうものの処理は片づけられるだろう」

クランダルの顔は血の気が引いて、蒼白になった。そして言った。「どうしておれが非難の的になるんだ?　いったいおまえはおれに何の恨みがあるんだ?」

ドルーズは肩をすくめた。「おまえは保険会社から金を騙し取るようにと女性たちを説得すべきじゃなかったな……」

「あの女の考えだったんだ」

「それなら、ルビーのセットの件では不正を働くべきではなかったんだ」

クランダルが言った。「神に誓って、本当だ！　おれは盗んだものをあの女に返しただけだ」やけに激しく、やけに大真面目に言った。

「どうしてわかる？　実際に盗ませた男がすり替えをしていないかどうか、どうしてわかるんだ？」

クランダルが上体を前に傾けた。「おれが自分で盗んだからだよ。あの女がおれに鍵を寄越したので、女が留守のとき、おれは通用口からはいって、自分で盗んだ。宝石はずっとおれの手から離れなかった」そして、デスクからライターをつかみあげ、震える手で葉巻の吸いさしにまた火をつけた。「だから、あの女の威しを真剣に受け取らなかったんだ。あの女が自分の金の一部を取り戻すために考え出した威しの策略だと思った。あの女はおれの盗んだ宝石を手に入れた。もしそれが本物じゃなければ、おれが盗む前か、返したあとですり替えられたんだ」

ドルーズは、たぶん一分ほど無言でクランダルの顔を見つめていたが、ついに笑みを浮かべて言った。「前のほうだ」

クランダルは音を立てて葉巻の煙を吸い込んだ。「じゃあ、おれを信じてくれるのなら」デリンジャー銃をちらっと見た。「それはどういうことなんだ?」

「もしおまえを信じてなかったら、おまえは今頃べらぼうに厄介な立場にいることだろう」

クランダルはうなずいて、弱々しくにやりと笑った。

「だが」ドルーズが続けた。「おまえはまだべらぼうに厄介な立場にいるんだぞ。ほかの誰もおまえを信じてくれないからな」

クランダルはまたうなずいた。椅子の背にもたれると、胸ポケットからハンカチーフを取り出して、顔を軽くたたいた。

「おれは逃げ道を知っている」ドルーズは手を動かし、人差し指を用心金に引っかけて、デリンジャー銃をぶら下げた。「とくにおまえのことが好きだからではないし、おまえにはその権利があるからでもなく、それが正しいことだからだ。もしルビーのセットを、本物のルビーのセットを取り戻せたら、彼女を本当に殺した男を突き出すことができる。それに、おれはそれがどこにあるのか知っている」

クランダルはずっと前に上体を寄せた。その顔はいやに生き生きとして、興味津々だった。

「おまえには可能な限り最高の金庫破りを見つけてもらいたい」ドルーズはやけに小さい声で話し、クランドルを一心に見つめた。「おれたちは金庫をあける必要がある。ロング・アイランドの邸宅に備えつけられた金庫の中に隠してあると思う。それほどむずかしいことはない。たぶん使用人たちをうまく扱わないといけないが、深刻な問題はそれくらいだ」

クランダルが言った。「どうしておれが自分でしちゃあいけないんだ?」少し笑みを浮かべた。「おれはかつて金庫破りだったんだ。堅気になって、自分の店を持つ前のことだ。だから、おれが自分で偽物のルビーのセットを盗んだんだ。ほかの誰にも関わらせないためにな」

ドルーズが言った。「よし、いいだろう」

「いつだ?」クランダルが立ちあがった。

ドルーズはデリンジャー銃をポケットに戻した。「今だ。おまえの車はどこだ?」

クランダルは頭を通りのほうへぐいと向けた。二人は混んだ賭博室を抜けて、階下におり、クランダルの車に乗り込んだ。クイーンズボロ橋を渡っているときに、ドルーズは腕時計をちらっと見た。十二時二十分すぎだった。

三時三十五分に、鍵をしまった場所を無駄に捜したあと、ドルーズはペントハウスのベルを押した。ハウスボーイがドアをあけて言った。「大変暑い夜ですね、ご主人様」

ドルーズは帽子を椅子の座面に放り投げて、狭い玄関ホールにやって来たミセズ・ハナンに悲しげな顔でにこっと笑いかけた。「わたしは三カ月のあいだこの子に英語を教えようとしているんですよ」と言った。「この子が言えるのは、『はい、ご主人様』と『いいえ、ご主人様』だけです。それに、気温のことを教えてくれます」そして、にやにや笑っているハウスボーイのほうを向いた。「うん、トニー、大変暑い夜だ」

二人はリヴィングルームを抜けて、テラスに出た。そこは涼しく、薄暗かった。リヴィングルームからの小さい明かりが幅の広いドアを抜けて、テラスに届いていた。

ミセズ・ハナンが言った。「あなたが帰ってこないいんじゃないかと思うところでした」

ドルーズはすわって、疲労を伴ったため息をついた。「わたしはすごく骨の折れる夜を過ごしてきたところです。非常に遅くなって申し訳ない」彼は彼女の顔を見あげた。「腹ぺこですか?」

「飢え死にしそうです」

「どうしてトニーに何か作ってもらわなかったんですか?」

「待っていたかったからです」彼女はスーツ・ジャケットと帽子を脱いでいた。見事に仕立てたツイード・スカートに白い男物のドレス・シャツ姿の彼女は、やけに美しく見えた。

ドルーズが言った。「夕食か、朝食か、何とか食が数分後に準備できます。四時に食事を始められるように指示しました」そして、立ちあがった。「そうそう、忘れるところでした。ゲストが来ます。それで、電話をかける必要があります」

彼はリヴィングルームを抜けて、四段の広く浅い踏み段にあがり、事務所として使っている小さい角の部屋にはいった。広いデスクのうしろにすわると、電話機を手前に引き寄せて、番号をダイアルした。

ハナンが電話に応えた。ドルーズが言った。「わたしの住居に今すぐ来ていただきたいんです。ペル・ビルディングの最上階へ。非常に重要なことです。階下のベルを鳴らしてください。あなたを待っていることをエレヴェーター・ボーイに伝えておきます……電話では申しあげられません。独りでいらしてください、今すぐに」そして、電話を切ると、すわったまましばらく両手を虚ろな目で見つめてから、立ちあがり、テラスへ戻って、すわった。

「あなたはここで何をしてたんですか?」

ミセズ・ハナンは寝椅子の一つに横たわっていた。彼女は神経質に笑った。「ラジオを聴いたり、わたしのスペイン語とトニーの英語を上達させようとしたり、手の指をかんだり、あなたのいまいましい悪魔関連書のせいで死ぬほど怯えたり」そして、煙草に火をつけた。「あなたのほうは?」

彼は暗がりの中でにこっと笑った。「三万五千ドルを稼ぎました」

彼女はまっすぐすわり直して、興味深そうに言った。「ルビーのアクセサリー・セットを手に入れたんですか?」

彼はうなずいた。

「クランダルはすごい騒ぎを起こしましたか?」

「充分ね」

彼女は大喜びで笑った。「どこにありますの？」

ドルーズはポケットを軽くたたいて、ミセズ・ハナンの喫《す》う煙草のオレンジ色の光の中に浮かぶ彼女の顔を見つめた。

彼女は立ちあがると、手を前に出した。「見てもよろしいでしょうか？」

ドルーズが言った。「もちろん」そして、ジャケットの内ポケットから黒いヴェルヴェットの長く平たい宝石箱を出して、彼女に手渡した。

彼女はその箱のふたをあけ、リヴィングルームのドアに近づき、そこの明かりの中で箱の中身を見て、言った。「とってもきれいでしょ？」

「ええ、とても」

彼女はぱたんとふたを閉じると、戻ってきて、すわった。

ドルーズが言った。「これはもう少し長くわたしが持っていたほうがいいと思います」

彼女は上体を前に傾けて、その箱を彼の膝の上に置いた。彼はそれをつかみあげて、ポケットに戻した。二人は無言ですわったまま、イースト・リヴァーのほうに建ち並ぶビルディングの明かりを見つめていた。しばらくすると、ハウスボーイがやって来て、食事の準備ができたことを告げた。

「ゲストが来るのが遅いな」ドルーズが立ちあがった。「わたしは絶対に朝食を遅らせないというルールを決めているんですよ。朝食だけはね」

二人は一緒にリヴィングルームを抜けて、質素な家具が備わったダイニングルームにはいった。きらきらと輝く白と銀のテーブルに三人分の食器が並んでいた。二人が席に着くと、ハウスボーイが氷で冷やした果物のはいった丈の長い華奢なカクテル・グラスを運んできた。二人が食べ始めたときにドアベルが鳴った。ハウスボーイがドルーズのほうをちらっと見ると、ドルーズはうなずいて言った。「その殿方をここへお通ししてくれ」ハウスボーイがドア口へ向かうと、玄関ホールから人の声が聞こえて、ハナンがダイニングルームの入口に現われた。

ドルーズは立ちあがった。そして言った。「先に食べ始めていて、お赦《ゆる》しあれ。あなたが少し遅かったもんでね」彼は片手をあげて、空いた椅子を示した。

ハナンは脚を大きく開き、両腕を体側で強張《こわば》らせて、入口に立っていた。まるでその姿勢のまま急に凍りついたようだった。ミセズ・ハナンを見つめていた。その目は大きく見開き、無表情だった。唇の薄い口は固く閉じて、一文字に結んでいた。突然、右手が左脇のほうへ動いた。

ドルーズが鋭く言った。「どうぞおすわりください」ほとんど動いていないようだったが、銃身の短いデリンジャー銃が手の中できらめいていた。

ミセズ・ハナンが半ば立ちあがった。顔面がやけに蒼白だった。両手は白いテーブルクロスの上で拳を固め、痙攣《けいれん》していた。

ハナンは手をやけにゆっくりとおろした。デリンジャー銃を見つめると、口元を歪めて、ひどく不自然な笑みを作り、ゆっくりと空いた椅子に近づいてすわった。

ドルーズは、ハナンのあとを入口までついてきたハウスボーイのほうへ目を向けて言った。「この殿方の拳銃を預っておけ、トニー。それから、この殿方にカクテルを持ってきてくれ」そして、すわって、デリンジャー銃を目の前のテーブルの上で固く握った。

ハウスボーイはハナンに近づくと、ジャケットの内側を慎重に探って、黒い小型オートマティック銃を抜き、ドルーズのほうへ持っていった。そして、スウィング・ドアを抜けて、キッチンへ行った。ドルーズはそのオートマティック銃をポケットに入れた。そして、目をミセズ・ハナンのほうに向けて言った。「これからある話をします。話し終わったあとなら、二人とも好きなだけしゃべっても結構です。しかし、それまでは口を出さないでください」

　ドルーズは口元に笑みを浮かべた。顔の口元以外の部分は石のように感情がなかった。目は無表情のまま、ハナンに釘づけになっていた。そして言った。「あなたのご主人はずっと離婚したかったんです。その第一の理由は女性です。名前は関係ないでしょう。ご主人と結婚したい女性で、ご主人が結婚したい女性です。ご主人がその女性のことをあなたに話さなかったのは、あなたがその女性のことを知れば、離婚協議書を作成するのが早くなるよりも、むしろ遅くなるだろうと、ご主人が当然のことながら感じたからで……」

　ハウスボーイがカクテルを持って、キッチンから出てきて、それをハナンの前に置いた。ハナンは動くことも顔をあげることもしなかった。テーブルの真ん中にある花をじっと見つめていた。ハウスボーイはドルーズとミセズ・ハナンに照れくさそうににこっと笑いかけて、キッチンに消えた。

　ドルーズは少しリラックスして、椅子の背にもたれた。デリンジャーの銃口はまだハナンのほうにぴたりと向いていた。

「離婚訴訟を起こすために充分な根拠を見つけようと」ドルーズは続けた。「ご主人は一カ月ほどあなたに尾行をつけました。失敗に終わったことを付け加える必要がありますかね？ あなたはクランダルを威したあと、急に尾行されていることに気づきました。もちろん、クランダルに雇われた尾行者だと思った」

彼は間を置いた。しばらくまったくの静寂が流れた。ただ、遠くから街のかすかな騒音と、鋭く規則的なハナンの息づかいの音だけは例外だった。

ドルーズはミセズ・ハナンのほうへ顔を向けた。「昨夜、あなたがロズリンのミスター・ハナン宅を出たあと、自分に危険が及ばない形で、あなたを始末するのに絶好の機会だという考えがご主人の頭に突然閃《ひらめ》いた。あなたはご主人との離婚に同意しようとしないし、あなたの不倫行為を見つけて、離婚を強要することもできないようだった。そして、今、あなたはクランダルを威したので、あなたの身に何かが起こったら、クランダルが必然的に疑われるだろう。そして、あなたがロズリンにある邸宅を出たあと、ご主人は部下たち、これまであなたをずっと尾行していた部下たちにあなたのあとを追わせた。しかし、その部下たちはそれほど運に恵まれてはいなかった」

ドルーズはほんの少しにこにこ笑っていた。ミセズ・ハナンはすでに両肘をテーブルにつき、あごを両手の上に置いていた。彼女はハナンをじっと注視した。

「ご主人は警察へ行けなかった」ドルーズが続けた。「警察はクランダルを逮捕するか監視するので、計画を台無しにするだろう。それに、ルビーのアクセサリー・セットの保険金詐欺の真相が暴かれる。これはご主人の望まないことです」ドルーズは笑みを広げた。「それはご主人が自分でルビーのセットをすり替えたからです。かなり前にね」

ミセズ・ハナンがドルーズのほうを向いて、その顔を見た。やけにゆっくりと、ドルーズと同じように大きい笑みを浮かべていた。

「あなたは自分のルビーのセットが偽物だとは気づかなかった」ドルーズが言った。「その可能性を考えたこともなかったからです。クランダルに返却してもらってから、あなたは疑わしく思って、本物ではないことがわかった」彼がハナンの顔をちらっと見ると、その笑みが顔から消え、険しく無表情な顔になった。「ミスター・ハナンは本当に宝石に取りつかれていた」

ハナンの薄い唇がほんの少し引き攣《つ》った。彼はテーブルの花をじっと見つめた。

ドルーズはため息をついた。「ということで、昨夜、ミスター・ハナンにはあなたの――何と言うか――消失を望むいくつかの理由があったわけです。疑惑をクランダルに向けることのできる状況が手近なところにありました。たった一つの深刻な問題は、信頼される第三者を見つけることだった。すべての事実、もしくは自分の目的に沿うのに充分な事実を見せる第三者をね」

ミセズ・ハナンはすでにハナンのほうを向いて、顔を突き合わせていた。彼女の目は半ば閉じていて、笑みはやけに険しく、やけに奇妙だった。

ドルーズはゆっくりと立ちあがって、話を続けた。「ご主人にはわたしに連絡をするという妙案があった。もしくは、提案のようなものがね。わたしは理想的な道具で、警察と裏社会の中間で機能しています。ご主人は予約を取りつけ、わたしたちが仕事の内容を話し合っているあいだ、部下の一人に外部非常階段からあなたを訪問させたんです。そして、わたしはご主人と別れてから、あなたのアパートメントへ行き、あなたの他殺死体を見つけて、クランダルに関してご主人から聞いた情報に沿って行動するだろうと期待した。わたしの影響力と証言でクランダルは直ちに有罪になるでしょう。ミスター・ハナンは離婚よりいいものを手に入れるでしょう。ルビーのセットをすり替えたことがばれずにそれを手に入れることができるでしょう。そして……」ドルーズは苦々しそうににやりと笑った。「前金としてわたしに手渡した小切手も取り戻せる。わたしはすると約束した二つのことに失敗したのです。もちろん、小切手を返すことになります」

ハナンは急に笑い出した。ひどく不自然で甲高い笑い声だった。

「非常に面白いんですよ」ドルーズが言った。「もしあなたが……」彼は目をミセズ・ハナンのほうへ移した。「……外部非常階段をのぼってくる男の姿をたまたま先に見ていなかったら、非常に鮮やかに成功していたことでしょう。ミスター・ハナンが今か今かと帰りを待ちわびている男のことです。この男は……」片方の瞼を閉じて、素早くウィンクをした。「……一時間近く前に一部始終を打ち明けてくれました」

ドルーズは内ポケットに手を入れると、黒いヴェルヴェットの宝石箱を取り出し、ふたをあけて、テーブルの上に置いた。「わたしはこれをロズリンにあるあなたの邸宅の金庫で見つけましたよ」と言った。「あなたの使用人たちは非常に激しく抵抗しました。あまりにも激しい抵抗なので、彼らを縛って、強引にワイン貯蔵室に閉じ込める必要がありました。今頃はひどく心地の悪い状態のはずです。すぐにでも解放しにいきましょう」

そして、内緒話をするように声を低くした。「それに、あなたの愛人もそこにいました。その女性も非常に激しく抵抗しましたが、最後にその女性と長いあいだ話し合って、あなたのような性格の殿方に……ええっと、好意を寄せるのは大変な過ちだと諭《さと》しました。その女性はこの事件に巻き込まれたことで非常に怯えていたようです。残念ながら、その女性の行方を突きとめるのはかなり困難になるでしょう」

ドルーズはため息をつくと、視線をゆっくりとルビーのアクセサリー・セットのほうにおろして、その中で一番大きいルビーを一本の指でそっと触れた。「それで」と言った。「この悪質で嘆かわしい事態を終結させるために、わたしはあなたのルビーのセットと……」そして、手をあげて、ミセズ・ハナンのほうを示した。「あなたの奥さんをお渡しします。さて、これでわたしは残りの二万五千ドルの小切手をあなたからいただきますよ」

ハナンはやけに素早く動いた。テーブルの縁を上に持ちあげると同時に、前のほうにも突きあげた。陶製と銀製の食器が割れる鋭い音を立てた。デリンジャー銃の銃声が轟いたが、銃弾はテーブルにめり込んだ。ハナンは突然屈んだ。その目は鈍く、上唇はめくれあがり、歯が剝き出しになった。そして、まっすぐ立つと、向きを変えて、リヴィングルームに続くドアを駆け抜けた。

ミセズ・ハナンは大きい食器棚にもたれたまま立っていた。両手は口に持っていき、両目はやけに大きくあいていた。そして、少しも声を立てなかった。

ドルーズはハナンのあとを追ったが、ドアの前で急に立ちどまった。ハナンはリヴィングルームの真ん中でうずくまっていた。ハウスボーイが玄関ホールの暗がりを背景にして、ハナンのうしろに立っていた。湾曲ナイフがその手の中できらめいていて、その細い顔は険しく、威圧的だった。ハナンはテラスのほうへ駆け出し、ドルーズは素早くあとを追った。しかし、リヴィングルームからの薄明かりの中で、ハナンが左に突進し、そこの壁に突き当たり、テラスの暗闇のほうへ、むこうの手すりのない縁のほうへ向かって、狂ったようにジグザグに走るのが見えた。

ドルーズが「気をつけろ」と叫び、前に走った。ハナンのシルエットが空の藤色の明かりを背景にして、一瞬見えた。そして、耳障りなしゃがれた叫び声とともに、ハナンは縁から落下していった。

ドルーズは一瞬立ちどまって、真っ暗な下を見つめた。ハンカチーフを取り出して、額を拭ってから、向きを変えてリヴィングルームにはいり、デリンジャー銃を大きい中央テーブルの上に放り投げた。ハウスボーイはまだリヴィングルームの入口に立っていた。ドルーズがうなずきかけると、ハウスボーイはうしろを向いて、暗い玄関ホールを抜け、キッチンにはいった。ドルーズはリヴィングルームに続くドアに近づいた。ミセズ・ハナンはまだ食器棚にもたれたまま立っていた。両手はまだ口のほうにあがり、両目は虚ろに広くあいていた。ドルーズは向きを変えると、早足で幅広い階段を駆けあがって事務所にはいり、電話機をつかみあげて、番号をダイアルした。電話がつながると、マックレイを呼び出した。

一分ほどして、マックレイが電話口に出た。ドルーズが言った。「六十三丁目とパーク・アヴェニューの角にあるミセズ・デイル・ハナンのアパートメントで死体が見つかるぞ、マック。殺したのはミセズ・ハナンだが、正当防衛だ。おれの自宅の前でその死体の相棒が見つかるかもしれない。ボスが出てくるのを待っているはずだ……ああ、そいつのボスはハナンだ。ハナンは地上におりたところだ。エレヴェーターを使わずにな……ハナンを殺人未遂で訴えて、おまえさんがここへ来たときに、すべてを話すつもりだ……ああ、急いでくれ」

彼は電話を切り、ダイニングルームに戻った。テーブルを立たせて、ルビーのアクセサリー・セットをつかみあげ、宝石箱に戻した。そして言った。「マーロン&スタイルズ法律事務所で働く友人に電話をかけたんですよ。たぶんあなたもご存じのように、ミスター・ハナンは遺言書を作成していませんでした」にこっと笑った。「ご主人は死を考えることが大嫌いで、遺言書の概念さえきわめて不快に思っていたんですね」

彼が彼女の椅子をつかみあげて立たせると、彼女はゆっくり近づいてきて、その椅子に腰をおろした。

「相続手続きが片づいたら」彼が言った。「あなたには十三万五千ドルの小切手を保険会社宛てに切っていただきたい」

彼女はぼんやりとうなずいた。

「わたしが思うに」彼は宝石箱を示した。「これはわたしの手元にあるほうが安全でしょう、いろいろと片づくまでね」

彼女はまたうなずいた。

彼はにこっと笑った。「それに、あなたからは二万五千ドルの小切手をいただくことを愉しみにしています。わたしが提案した手数料の差額です」

彼女はゆっくりと顔を向けて、彼の顔を見あげた。「道徳家ですものね」と言った。「病的なほどに。それに報酬目当てだし」

「報酬目当てなものですか！」彼は大きい頭を縦に激しく振った。

彼女は手首の小型腕時計を見て言った。「厳密に言うと、まだ朝ではありませんわね。でも、何よりもお酒をいただきたいですわ」

ドルーズは笑った。食器棚に近づくと、ずんぐりとした酒びんとグラスを取り出して、二人分のウィスキーをたっぷりと注いだ。一つのグラスを彼女に渡して、もう一つを少しあげて、明かりにグラスをかざした。「犯罪に乾杯」

そして、二人はウィスキーを飲んだ。

パイナップルが爆発

Pineapple

焦茶色のキャメル・コートを着た男は、凍るほどに冷たい風に逆らって、東に曲がった。ファースト・アヴェニューのすぐ手前で人気《ひとけ》のない通りを斜めに横切って、『トニー・マスキオの終夜営業理髪店』と書かれた電光看板のほうへ向かった。

その看板の一歩ほどむこう、店からの温かい黄色灯の円の外側で、男は立ちどまると、持ち歩いていたスーツケースを歩道に置き、煙草とライターを取り出した。背中を風に向けたまま、建物のすぐ近くに立ち、ライターの火を何度もつけようと試みたが、火がつかないので、風に向かってファースト・アヴェニューのほうへ歩いた。

スーツケースを忘れていた。トニーの理髪店のガラス窓の隅のすぐ下の暗がりに置き忘れていた。もし誰かがその近くにいたなら、唸るような風の音の合間にチクタクという音が聞こえただろう。それを安物の目覚まし時計のチクタク音と思うか、時限爆弾のもっと複雑で警戒を促すチクタク音と思うかによって、楽しい音にもなっただろうし、不気味な音にもなっただろう。

その男はファースト・アヴェニューを十三丁目まで歩き、北西角でタクシーに乗ると、「グランド・セントラル駅まで」と言って、後部座席の背にもたれ、腕時計を見た。

一時九分すぎだった。

一時十六分に、トニー・マスキオは奥の部屋から出てくると、《オー・ソレ・ミオ》の妙に個性的な編曲を口笛で吹きながら、両手を洗い、振り向いて、頭の禿げた大柄の男ににやにやと愛想のよい笑みを見せた。その大柄の男は両足を炉格子の上にのせながら、すわって新聞を読んでいた。

「次はあなたですよ、ミスター・マッカン」マスキオは鳥がさえずるような声で楽しげに知らせた。

マスキオは鳥のように見えた。白い顔の鳥で、頭に黒い羽根のふさふさした後光が差していた。そして、鳥がさえずるような妙な抑揚《よくよう》で話した。

マッカンは注意深く新聞を折り曲げると、曲げた体を注意深く伸ばして、椅子から立ちあがった。年齢は五十五歳前後、やけに重そうな体型で、多重あごのスコットランド人だった。きらきら輝く目はシューボタンのようで、セイウチひげは雪のように白かった。

のしのしと歩いて、一番座席にすわると、彼の体型とは妙に対照的な甲高い声で話した。

「今夜は寒いね、寒い」

この八年のあいだ、マッカンは毎週金曜日の夜、だいたいこの時間にトニーの店に来ていた。八年のあいだ、トニーの座席を勧められるときのあいさつの言葉は、「今夜は寒いね」か、「今夜は暑いね」か、「今夜は雨だね」などの夜の天気を表わすものだった。そういう天気が極端な場合は、そのときの状況の述語を繰り返した。トニーは「暑いですね、暑い」と同意して、輝くような笑みを浮かべながら、伝統的な質問を投げかけた。

「散髪ですか？」

マッカンのぴかぴか光る頭には羽毛のような髪さえあまり生えていなかった。彼が八年の習慣どおり、その頭を真剣に縦に振って、目を閉じると、トニーは鋏《はさみ》をつかみあげて、太い口ひげを手際よく、優雅な調子で整え始めた。

二番座席を担当するアンジェロは、オーヴァーオールを着た青白い顔の華奢《きゃしゃ》な若者の柔らかいあごをせっせと剃っていた。三番座席担当のジュゼッペ（通称〝ジョー〟）は何かを食べに出かけていた。四番座席担当のジョルジョはその椅子にすわって、《ニュー・アート・モデルズ・ウィークリー》の古い号を読みながら、うなずいていた。店にはほかに客はいなかった。

一時十九分すぎに、壁掛け電話が鳴った。

マスキオは鋏と櫛を置いて、応対するところだった。

アンジェロが言った。「おれに電話ならね、ボス、ちょっと待ってほしいと彼女に伝えてくださいよ」

マスキオはうなずいて、手を受話器のほうへ伸ばした。そのとき、電話機と壁がマスキオのほうへ迫ってきた。店全体がねじれ、歪み、白い炎と痛みがおおいかぶさった。彼は体がゆっくりとばらばらにちぎれるように感じ、「おお、神様！　やめてください！」と考えたあと、何も感じなくなり、何も考えられなくなった。

マッカンは一度頭をあげて、胸の右側を見おろした。妙に平たく、妙に遠くに感じた。頭を垂れて、動かなくなった。アンジェロが呻《うめ》いた。

爆風は氷の壁のようだった。

ニューヨーク市警九分署の記者室で、ニック・グリーンがブロンディー・ケスラーとカード・ゲームのクーンキャンに興じているとき、内勤巡査部長が隣の部屋から叫んだ。

「ブロンディー！　トニー・マスキオの散髪屋で爆破事件だ！　あとには油の染みしか残ってない！」

ケスラーは自分のカードを裏向きに置いて、ゆっくりと立ちあがった。

そして、やけに明快に言った。「ええい、こん畜生め！」

グリーンは入念なほど懐疑的な軽蔑の目でケスラーを見あげた。「おれがすごい手を揃えるたびに」と悲しげにつぶやいた。「何かが起こって、おまえにはおれから逃げる口実ができるんだからな」

ケスラーはドアのほうへ向かいながら、言い返した。「一緒に来いよ」

ニコラス（ときどき〝セント・ニック〟と呼ばれる）・グリーンは三十六歳だった。日に焼けたなめらかな肌、二十歳代によく見られる明るいチャイナブルーの目、六十歳代によく見られる雪のように白い髪の持ち主だった。長身で、体型はほっそりと角張っていた。その服装のかなりひどい趣味は、炎のように赤いネクタイをとくに好むことで劇的に救われていた。

そのニックネームは彼の慈善に対する奇妙な考え方から来ていた。テント小屋劇場の役者とか、新聞記者とか、ギャンブラーとか、銃器密輸業者とか、私立探偵などの雑多な職業を転々とした。その広い経験のおかげで、誰が援助に値するのか、値しないのかを明らかに革命的な確信を持って判断した。

思いがけない幸運と、しばしば起こる正確な直感の閃《ひらめ》きが合わさって、株式市場の大暴落から大金をつかみ取ることができた。そして、三年のあいだ、自分の金とそれに伴う権力を使って、若い百万長者がやらない多くのことを行なった。使い走りや、パーク・アヴェニューの社交界初心者、掏摸《すり》、競馬予想屋、銀行強盗と銀行頭取、地方政界実力者の部下、国際的詐欺師たちを自分の広い交際範囲のいろいろな友人に加え、ときどき数人以上に対してサンタクロースの役を務めた。政界のあの手この手の邪道な策略や、ニューヨークの裏社会の複雑な陰謀を刺激的だと見なした。自由な時間をナイトクラブよりも夜間法廷で過ごした。そして、ポロ・ゲームよりもコルト四五口径の命中率のほうが正確であることを大いに誇りに感じていた。

グリーンは立ちあがると、ブロンディー・ケスラーのあとから記者室を出て、廊下を歩いた。黒くて、ぴかぴかに輝く高馬力のクーペに乗って、角を猛スピードで曲がり、轟音を立てて、北へ向かった。グリーンは眠そうに蛇行しているタクシーにぶつからないように、数インチのところでよけながら、ケスラーに尋ねた。

「それで、このマスキオって男は誰なんだ？」

ブロンディーは《スター・テレグラム紙》の事件記者だった。髪の色はセント・ニックの白とは対照的な黒だった。ずんぐりとした大柄なオランダ系で、ほとんど身長と同じほどの胴体の幅があった。とくに少し興奮すると、ほとんど息を切らして、断続的にしゃべる癖があった。

「トニー・マスキオはジーノの兄貴だ……いや、だった。散髪屋を経営していて、この街の大物たちの多くが十一年か十二年のあいだ、髪の毛先を整えてもらいにいっていた。それに、トニーはジーノとルー・コステインとパートナーを組み、強い勢力を持つ地元の賭博組織を運営していた。トニーの店は取るに足らない小さい店だが、トニーが自分で雇った理髪師は名人級で、普段はウォール・ストリートやパーク・ロウの大物たちで混んでいる」

ケスラーがしばらく黙っていたので、グリーンが促した。「それで……？」

「それで……おれの新聞社の編集主幹であるブルース・マッカンは、おれが覚えている限り、ずっと毎週金曜日の夜に口ひげのトリミングと泥パックをしてもらうために、トニーの店に通っている。この二、三年に五、六回あの店でマッカンを見つけた、金曜日の夜遅くにな」

グリーンはそっと口笛を吹いた。「それで……？」

ケスラーには答える時間がなかった。車が煙の立ちこめるマスキオの散髪屋の残骸から通りをはさんでむかい側の縁石脇にとまった。深夜という時間や氷のように冷たい風にもかかわらず、不気味な物事に興味を抱く野次馬たちがすでに集まっていた。数人の消防士や警察官、救急病院の救急救命班がレンガやスチールや焦げた木材の瓦《が》礫《れき》のあいだを懸命に捜索していた。

ケスラーが現場に着いた最初の記者だった。情報を聞き出そうと、関係者たちのあいだを走りまわっていた。グリーンは通りの少し離れたところで真剣に話している二人の男のほうへ近づいた。そのうちの一人はドイルという私服刑事で、ほんの少し顔を知っていた。もう一人は取り乱した目つきのイタリア人で、「もし角の食堂でコーヒーの二杯目をゆっくりと飲んでいなかったら、ぼくの体もばらばらになっていたでしょうねえ」と大げさな身ぶり手ぶりで説明していた。その男はトニーの店の三番座席担当のジュゼッペ・ピチェリだった。爆発が起こったとき、彼は店へ戻る途中だった。

グリーンは頭を瓦礫の山のほうへぐいと向けた。「何人見つかったんだ?」

「わからない」ドイルはくちゃくちゃと音を立てながら、火のついていない葉巻をかんだ。「大部分はばらばらに――小さくばらばらに――なっている。トニーと理髪師の一人を確認したが、そのほかにたくさんの断片が残っている。この男によると……」ドイルはピチェリのほうにうなずきかけた。「ブルース・マッカンが店にいたらしい。この男が店を出る少し前に来たそうだ」

ピチェリは首を縦に振って、興奮ぎみにしゃべった。「そのとおりですよ。ぼくが出かけるときに、ミスター・マッカンが店に来ました。それに、もう一人の男性もいましたが、知らない人です……それに、トニーとアンジェロとジョルジョも……」

「それだけかい?」グリーンは手袋をはめていない両手を暖めるために、息を強く吐きかけた。

「ぼくが出かけたとき、いたのはそれだけです。でも、ジーノとミスター・コスティンが来ることになってました。トニーがその二人を待ってましたので……」

グリーンとドイルは顔を見合わせた。

ドイルが唸った。「もしルー・コンテインが爆発のときにあの店にいたら、おれの仕事が八百パーセントぐらい厄介になっていただろうな。ニューヨークにはコンテインがばらばらになった姿を見たいという人間が、八百人以上はいないと思うがね」

ケスラーが駆け足で近づいてきた。口と目のまわりが少し青白かった。

「マッカンがや、や、やられた！」と口ごもった。「マッカンが掘り出されたところだ。いや、マッカンのだ、だ、断片が……」

ドイルは唸るような風の中で葉巻に火をつけようとした。「ジーノ・マスキオとコステインを狙ったんだな」とどなった。「もしかしたら、その二人の断片があまり残っていないので、見つけられないのかもしれない。だが、このピチェリの記憶が正しければ、その二人は店の中にいたか、店に来る途中だった。もしその二人が来る途中だったのなら、今頃は現われているはずだ」

ケスラーが喉を鳴らした。「電話はどこだ?」

「セカンド・アヴェニューの角を曲がったところの食堂に一台あるよ」ピチェリが腕を大げさに振った。

警察車輛がサイレンを甲高く鳴らしながら、近くにとまり、五、六人のさまざまな体型の刑事が飛び出した。

ケスラーはグリーンの腕をつかんで叫んだ。「来いよ、ニック。おれは電話をかけなきゃならないが、おまえに話したいことがあるんだ」二人はセカンド・アヴェニューのほうへ急いだ。

グリーンは、引っ張りながら喘《あえ》いでいるケスラーににやっと笑いかけた。

「おまえは正気を失った猟犬みたいに見えるぞ」と言った。「まさかケスラー独特の煽情的な仮説をまた考えついたんじゃないだろうな」

「仮説なもんか!　おれにはこの状況全体が見えたんだ。このいまいましい状況の何もかもがだ!」

「ふんふん」グリーンの唸り声は入念なほどに懐疑的だった。

ケスラーは鼻を鳴らした。「よく聞いてくれ。ジョン・サラストが三日前にアトランタ刑務所から釈放されたんだ！」

「だから、何だ？」

ケスラーの口が驚きのO字型になった。「だから、何だって？　ブルース・マッカンはサラストを新聞で責め立てた男だった。そして、ついには五年近く前に植樹祭パレードでの爆破事件の張本人として非難した。それで、サラストはマルクスとレーニンのあごひげに誓って、マッカンに仕返しをしてやると宣告した。そして、五、六回の上訴とか再審とか何やかんやのあと、サラストはやっと減刑を受けて早期に出所したが、あいつが何をやったかと言えば、パイナップル爆弾を作り、自分を刑務所に送った男のそばにその爆弾を置いたんだ！」

二人は角を曲がった。

グリーンは小声でささやいた。「ブロンディー、おまえは南京虫みたいに頭がおかしいぞ。いや、とくに頭がおかしい南京虫以上だ」

ケスラーは突然足をとめると、立ったまま、両腕を表情豊かに伸ばして言った。

「ええい、まったくもう。おまえにはわからないと言いたいのかよ？　マッカンはほかの誰よりも、あの爆破容疑でサラストを告発した。州政府は証拠不充分で告発を取り下げたかったが、マッカンは過激分子を毒のように嫌ってたから、取り下げをさせなかった。マッカンの論説は汚職と無政府主義について書き立て、それがついに効を奏した。サラストが出所したらすぐに、マッカンを始末したがるのも当然のことだろ？」

グリーンはゆっくりと首を横に振った。「当然だな」と認めた。「ただ、おれはたまたまサラストを少し知っていてね、出所して三日後にこういうことをするほど馬鹿じゃない。ほかのときでもね」

ケスラーは口を固く閉じると、皮肉を込めて、細く一文字に結んだ。

「おれはサラストの事件の成り行きをかなり熱心に見守っていた」グリーンが続けた。「しかも、サラストは紛れもなく濡れ衣《ぎぬ》を着せられたんだ。サラストは本当にいいやつで、国家がいかに統治されるべきか、彼自身の考えを持っている。彼は生まれてこのかた爆弾を見たことがないはずだ」

「馬鹿げてるぞ」ケスラーが半ばグリーンのほうを向いた。「手袋みたいに辻褄《つじつま》がぴったり合っている。サラストは無政府主義者だし、そいつらはダイナマイトを使って主張する。サラストは新聞社屋全体は爆破できなかった。規模がでかすぎるからね。

それに、マッカンは明かりをつけるほど、自宅には長くいなかったので、それも実行不可能だった。しかし、トニー・マスキオの店には毎週金曜日の夜十二時半から一時半のあいだに行っていた。単純明快だ」

グリーンは悲しげな笑みを浮かべ、首を横に振って、つぶやいた。「単純すぎる」

「それがおれの推理だ。絶対に変えないからな」ケスラーはうしろを向いて、食堂にはいった。

グリーンはゆっくりと自分の車のほうへ歩き、風に向かってささやいた。

「とくに頭のおかしい南京虫だな」

案内所の上にある大時計の針は一時四十一分を指していた。グランド・セントラル駅の広いコンコースは普段どおり、利用客がちりぢりばらばらに歩いていた。

コンコースの西側の上方にある広いバルコニーでは、焦茶色のキャメル・コートを着た男がゆっくりと歩きまわっていた。トニー・マスキオの店の前にスーツケースを置き忘れた男だった。コートの襟を立てて、両手はポケットに深く突っ込んでいた。大きくて黒い目は、一時四十七分ボストン行きの列車が発車を待つ二十七番乗車口に注がれて、歩きまわりながらも、首をゆっくりとそちらに向けていた。

年齢不詳のいかにも強そうな体格の男で、分厚いコートの襟の上からのぞく顔は不自然に赤らんでいた。

突然、足をとめて、上体を大理石の欄干《らんかん》にもたせかけた。自分と同じような体格と人種の男がコンコースを早足で横切る光景を目にとめた。コンコースにいる男のもっとも顕著な特徴は、優雅な身のこなしと、明るい黄緑色のヴェロア帽子だった。車掌の前で切符を見せて、二十七番乗車口のむこうに消えた。

焦茶色のコートを着た男は大階段を駆けおり、切符売場へ向かった。そこから離れたときには、小さい切符を持っていて、それを見せて二十七番乗車口を抜けた。列車の横を先頭車のほうまで歩き、貨物車輌のうしろの一輛目の乗客車輛に乗った。

三輛うしろの喫煙車輛に目当ての男を見つけた。喫煙室にはほかに誰もいなかった。客室係はその車輛のむこう端で寝台の準備をしていた。

焦茶色のコートを着た男は片腕でカーテンをあけて、狭いドア口の枠にもたれた。

そして言った。「ハロー」

もう一人の男は窓際にすわって、新聞を読んでいた。新聞を下におろすと、顔をあげた。表情がゆっくりと不思議そうに変わった。顔から血の気が引き、まるで粋《いき》に斜めにかぶった帽子と同じような黄緑色に見えた。その男は何も言わなかった。

電車の外から車掌の声が聞こえた。「発車しまーす……」

焦茶色のコートを着た男がかすかな笑みを浮かべた。そして、ささやいた。

「後部のほうへ歩いていって、街の明かりでも見ようぜ」

列車はゆっくりと動き出した。

黄緑帽の男の虚ろな目は焦茶色のコートの大きいポケットの一つを見つめていた。焦茶色コートの男の手ではない何かで、ポケットが外に膨らんでいた。二人は列車の後部のほうへ向かった。

四車輛を抜けた。そのほとんどが就寝の準備の整った寝台で、カーテンが引かれていた。出会ったのは、何かを紛失して荒い息づかいをしているパジャマ姿の酔っ払い客と、二人の眠たそうな客室係だった。最後尾の車輛は半分向かい合わせの座席車輛で、半分展望車輛だった。その車輛に移ると、二人のほうを見向きもしない赤毛の車掌助手とすれ違ったが、赤毛は前方へ向かった。最後尾の展望箇所に着くと、黄緑色の帽子をかぶった男が言った。「もう充分にみんなから離れているぞ、ルー。もし話をしたいのならな」

焦茶コートの男が笑みを浮かべた。右手が暗示的にコートのポケットの中で動いた。首を横に動かして、癇癪《かんしゃく》を起こした。「外のデッキに出るんだ、ジーノ。誰にも聞かれないようにな」

ジーノは膨れたコートのポケットにちらっと目をやり、外の展望デッキに続くドアをあけた。

列車はちょうどトンネルから高架線路に出ているところで、ミッドタウン・マンハッタンのバラ色の明かりが風に流される灰色の雲を照らしていた。風が氷のナイフのように空気を切り裂き、黄緑帽の男が反射的にコートの襟を立て、激しく身震いした。そのうしろで、焦茶コートの男がドアのシェードをおろし――つまり、ドアの内外両方のシェードがおろされた――ドアをしっかりとしめた。手をポケットから出した。明るくきらきらと輝く何かが一瞬見えたあと、その男は手を振りあげると、短い弧を描いて、黄緑帽の男の頭部に振りおろした。帽子が風と暗闇の中に吹き飛び、黄緑帽の男は膝から沈み、前に倒れて、顔をデッキの床にぶつけた。

焦茶コートの男は倒れた男のそばにひざまずき、倒れた男のポケットの中を素早く、注意深く探った。その男のジャケットのコートの内ポケットに紙幣の分厚い札束を見つけ、自分の内ポケットにしまった。

新しい音が風の唸る音よりもだんだん大きく聞こえてきた。隣の線路を走ってくる列車の走行音だった。焦茶コートの男は車輛の端から前方をちらっと見て、近づいてくるヘッドライトとの距離をしばらく計算しているように見えた。そして、また素早く屈んだ。

倒れた男のオーヴァーコートを急いで脱がせてから、自分のコートも脱いだ。倒れた男のコートをなんとか着込んでから――かなり窮屈なツイードのチェスターフィールド・コートだった――なんとか自分の大きい焦茶色のキャメル・コートを倒れた男の両腕と両肩に羽織らせた。そして、自分の内ポケットの中身――数通の手紙やモノグラムを入れたシガレット・ケースなど諸々の所持品――を意識不明の男の内ポケットに移し終えた。

接近してくる列車の走行音が耳障りな叫び声になった。その男はぐたっとした男の体を肩に担ぎあげると、立ちあがった。隣の線路を走ってくる列車のまぶしいヘッドライトが二十五フィートか三十フィート先に来たとき、肩に担いだ重荷を展望デッキの側方手すり越しに、走ってくる機関車前方の線路の上に放り投げた。

そして、素早く振り向いて、展望車輛に戻った。前から三輛目の車輛に着くと、遠くから大声が聞こえた。

「百二十五丁目でーす」

列車がとまり、車掌助手が三輛目と四輛目のあいだの連廊《れんろう》のドアをあけた。窮屈なツイードのチェスターフィールド・コートを着ている男が列車をおりて、百二十五丁目駅から通りに出る階段をのろのろと下《くだ》った。

通りを横切ってタクシーのほうへ向かうときに、風の音より大きい車掌のむせぶような細い声が聞こえた。「発車しまーす」

男はタクシーに乗り込み、鋭く言った。「西九十丁目三百三十二番地まで。急いでくれ」

グリーンはマッチに火をつけて、注意深く郵便箱を調べた。左から二番目の郵便箱に薄汚いラベルが貼ってあった。

ジョン・ダレル・サラスト
ポーラ・サラスト

淡い青の文字がタイプライターで打ってあった。

彼はラベルの下のベルを鳴らした。一分後に外部ドアの電磁錠のブザーが鳴った。ドアを抜けて、狭い階段を三階までのぼり、Ｂ５号室へ向かった。そこのドアはあいていた。ノックすると、男が高い声で叫んだ。

「どうぞ」

グリーンはやけに広くて、がらんとしたワンルーム・アパートメントにはいった。向かい合わせの両隅にある二個のフロア・ランプと、広い中央テーブルの上にある小さいが、いやに明るいデスク・ランプが薄暗い部屋を照らしていた。

高い声が言った。「これはこれは、ミスター・グリーン。予期せぬ来訪ですが、嬉しいですね」

グリーンは帽子を脱いで、広いテーブルに近づいた。そして、軽くお辞儀をした。

「もしかして」彼は当たり障りなく質問した。「今晩外出しなかったかい？　例えば、十一時すぎに？」

ジョン・サラストは肺病患者に見える痩身《そうしん》のイギリス人で、額が前に突き出ていて、ネズミ色の髪は糸のように、くたびれた感じだった。冷たい灰色の目は色が薄くて、ほとんど白に見えた。椅子にまたがり、組んだ両手を椅子の背の上辺に置いていた。

「外出してから」サラストは整然と言った。「十五分前に帰宅したところですよ」

グリーンは左手首にはめた四角くて厚ぼったい腕時計をちらっと見た。一時五十二分だった。

サラストは首を横に動かした。「これは妹のポーラです。こちらはニック・グリーンだ。たぶん、ぼくが彼の話をするのを聞いたことがあるだろう」

ポーラは横に長い壁に接した低いカウチに半分すわり、半分横になっていた。やけに暗く、やけに小柄な女性で、肌は磁器のように白く、唇は深紅で、目は大きくて、妙にくすんでいた。

彼女がうなずくと、グリーンはまた軽くお辞儀をした。

「二人で劇場へ行きました」彼女はゆっくりと上体を起こした。「二人で劇場へ行って、そのあとジョンがわたしを家まで送ってくれたんです。十時半頃でした。そして、ジョンは散歩に出かけました」

グリーンは笑みを浮かべた。「それはじつに素晴らしい。さて、もしお二人が今すぐ帽子をかぶり、コートを羽織って、一分後にここを出られたら」彼は片方の白い眉毛を吊りあげて、にやりとサラストに笑いかけた。「あんたは刑務所までの楽しくない旅を繰り返す必要がなくなるんだがね」

ポーラが立ちあがって、叫びに近い声をあげた。「刑務所ですって！」

サラストが細い顔に歪んだ笑みを浮かべた。「冗談を言うのに、今はあまりふさわしくないタイミングだと思いますよ、ミスター・グリーン」と物柔らかに言った。

グリーンは腕時計を見ていた。「それでは、二分後にするかな」と独語するようにささやいた。

ポーラは素早くグリーンに近づいた。

「何の話をしているんですか？」彼女は怒りを抑えた。「何なんですか？」

「今は話している時間がない。わたしの言葉を信じてほしい。ブルース・マッカンのほか、現場に偶然居合わせた五、六人を殺した容疑で、警察があなたのお兄さんを逮捕しに、今にもやって来るところです。まず、ここを出て、話はあとで……」

サラストは動かなかった。その目は素早く妹のほうを向いてから、グリーンのほうへ戻った。

そして、つぶやいた。「嫌です」

グリーンは虚ろな目でサラストを見つめた。「嫌だって？　どうしてだ？」

サラストは首を少し左右に振った。「わたしは三日前に戻ってきました」と穏やかに言った。「刑務所で五年近く過ごしたあとでね。あなたがよく言うように、わたしは罪を着せられたんですよ。嘘によって起訴され、嘘によって裁かれ、嘘によって有罪になり……」

そして、咳払いをして、椅子にすわったまま、背筋を伸ばし、やけに真剣な目でグリーンを凝視した。

「わたしはあなたのことをほんのわずかに知っていますよ、ミスター・グリーン。一度か二度、あなたがわれわれの大義に同情的だと信じたこともありましたが、わたしは信頼する相手を間違ったことで、五年間の痛々しい教訓を学んだあとに、家に戻ってきたところなんです。今のあなたが何の話をしているのかわかりませんが、自分が何も悪い行ないをしていないことはわかっているので、ここにじっととどまるつもりです」

しばらく沈黙が流れたあと、ポーラの声が穏やかにびりびりと響き渡った。「たぶんあなたは過ちを犯しているわよ、ジョン。ミスター・グリーンは……」そして、そこで話をとめた。

グリーンは手をあげて、手根《しゅこん》で顔の左側をゆっくりと上から下へこすった。その目はテーブルの上にある小さいトルコ赤の煙草入れをいくぶん虚ろに見つめていた。突然、グリーンは前に進んだ。サラストが跳ねるように立ちあがると、グリーンの腕が長い弧を描き、拳がサラストのあご先を強く殴った。サラストは崩れて、床に両膝をつき、手探りで椅子をつかんだまま、ぐったりした。

ポーラはびっくりしすぎて、叫ぶことも動くこともできなかった。立ったまま、両手を口にやり、驚きと衝撃の目でグリーンを見つめていた。

グリーンが「すまない」とすぐにつぶやき、屈んで、サラストの細長い体を両腕ですくいあげると、ドアのほうへ向かった。「さあ、行こう」と肩越しに唸った。「急いでくれ」

ポーラは呆然として無言であとに続いた。ドアの前で、グリーンが振り向いて、頭の先を彼女のコートのほうへ向けると、ポーラは椅子から自分のコートをつかんで、それを着た。まるで、何か未知のもの、何か抵抗できないものに誘導され、動かされている夢遊病者のようだった。

寒々としたグリニッチ・ヴィレッジの通りは人気《ひとけ》がなかった。グリーンはサラストの体を持ちあげたまま、濡れて光っている歩道を横切って、車に乗せると、車の後部をまわって、運転座席に乗り込んだ。ポーラは歩道でためらいがちに立っていた。冷たい空気が彼女の一時的に鈍い感覚を蘇《よみがえ》らせた。彼女は叫ぶのに遅くはないと考えたが、通りの左右をちらっと見たあと、叫んでもまったく役に立たないと考え直した。そして、車に乗って、ドアをしめ、腕をサラストの体にまわして、待った。

エイス・アヴェニュー手前で、グリーンは車の速度を緩《ゆる》めて、縁石脇に寄り、スピードをあげている二台の警察車輛がすれ違うまで待ってから、振り向いて、その二台の警察車輛がサラスト兄妹が住んでいるビルディングの前の縁石脇に急停車するのを見守った。

彼はポーラににやっと笑いかけた。「ぼくのタイミングはそれほどぴったりじゃなかった」と述べた。「警察はぼくが考えていたよりも三分ほど到着が遅かった」

ポーラは警官たちが車輌からうじゃうじゃと出てきて、建物の中に駆け込む光景を見つめたあと、顔の向きを戻した。彼女の叫び声をあげようという意志はまったく失《う》せてしまった。そして、グリーンに笑みを返そうと努めた。

「どういうことなんですか?」彼女はささやいた。「理解できないんですけど……」

「ぼくもだよ」グリーンがクラッチを踏むと、車は角を曲がり、エイス・アヴェニューを北へ向かった。「きみのお兄さんを連れ出すのに、あんな方法を使って申し訳ないが、きみのお兄さんは以前にひどい扱いを受けたと思っているので、また同じような扱いを受けるのを何が何でも阻止したかったんだ。五年も刑務所にいたんだから、留置所に一晩も泊まらないためには、あごを一発ぐらい殴られても構わないだろう」

グリーンのアパートメントは東六十一丁目にあった。エレヴェーター・ボーイがサラストを運ぶのを手伝ってくれた。サラストは意識を取り戻し、弱々しく呻き始めた。グリーンはサラストがすごく酔っ払っているんだと説明し、最上階のアパートメントに着くと、二人でサラストを広いリヴィングルームの寝椅子に寝かせた。そして、エレヴェーター・ボーイは立ち去った。

グリーンはポーラのほうを向いた。「しばらくすぎたら、お兄さんは元気になるよ」と言った。「重要なことは、いろんなことが明白になるまで、お兄さんがこのアパートメントから外へ出ないことだ。ただ、そのいろんなことが何なのか、はっきりとわからないので、説明してあげられない。ぼくを信頼して、お兄さんがここから出ないように気をつけていてくれるかい？」

彼女はうなずいた。

グリーンはかすかに笑みを浮かべた。「約束してくれるかい？」

彼女はまたうなずいて、かすかにほほえみ返した。

グリーンはドアのほうへ向かった。「できるだけ早く戻ってくるか、電話をかけるよ。自分の家だと思って、くつろいでくれ。お腹が空《す》くか、喉が渇いたら、冷蔵庫の中をのぞいてくれ」

そして、外に出て、ドアをしめた。

階下におりると、夜番のフロント係に指示した。「わたしのアパートメントに男性と女性がいて、その二人にはアパートメントにとどまっていてほしいんだ。とどまっていてくれるとは思うが、もし強引に出かけようとしたら、マイクを呼んで、事態に対処してもらってくれ」

フロント係はうなずいた。彼はミスター・グリーンのいくぶんか奇妙な要求に慣れていた。マイクはがっしりした体格のノルウェイ人用務員で、二回以上グリーンのために腕力を使う雑用を行なったことがあった。

グリーンは玄関口で振り返った。「もしその二人が電話をかけたら、誰にかけたのか、何を言ったのか記録しておいてくれ」

フロント係はまたうなずいた。グリーンは六十一丁目の通りに出て、ドラッグストアまで歩いた。

二時十八分すぎ、ブロンディー・ケスラーのデスクの上の電話がこの二十五分のあいだに陽気な音を鳴らすのは、これで十回目だった。

ケスラーはタイプライターから体を電話機のほうへ向けると、つかみあげて、甲高い声で応えた。「ハロー」

電話口のグリーンの声には、ブーンというなめらかな雑音が混じっていた。「トニーの店で身元のわかった断片はあといくつ見つかったんだ？　ところで、例の注目度一番のケスラーの仮説は順調に証明されてるかな？」

ケスラーは送話口で苦々しそうに唸った。

「あのケスラーの仮説は頭をもたげて、べらぼうにバランスのよい栄養を摂《と》ってるところだよ。訊いてくれて、ありがとう！」と入念な皮肉を込めて、嚙みついた。「鋳物工場のラベルのついたヒューズの破片が見つかった。ニュージャージー州にある工場で……」

グリーンが話に割り込んだ。「皆まで言うな。見当がつくからな……サラストはかつてそこで働いていたことがあるとか、何とかだ。かつてニュージャージー州に住んでいたとか、おばさんを訪ねるために一度ニュージャージーへ行ったことがあるかもしれないとか」

ケスラーは鼻を鳴らした。「わかった、わかった。おれはサラストがこの事件の張本人だと言うが、おまえは違うと言う。賭けようじゃないか、五十ドル」

グリーンは言い返した。「よし、乗った」

ケスラーは甲高い声でぼやいた。「決め手は巡査たちがサラストとその妹の自宅に乗り込む一分半前に、その二人がずらかったということだ。隣人たちによると、二人が出かける物音を聞いたらしい。そのタイミングから考えると、警察が来るという情報が耳にはいったみたいだな」

グリーンはため息をついた。「もしかしたら、おれのほうが南京虫かもしれない」とつぶやいた。「それで、おれが初めに尋ねた一番重要な質問はどうなんだ？　瓦礫の中から何が見つかったんだ？」

「手がかりになりそうなものは、まだ何も見つかっていない。ジーノかコステインか誰かのものかもしれない腕や脚がたくさん見つかった」

グリーンの声がだらだらとしゃべった。「おれはまだジーノとコステインが爆発の前にトニーの店に着いたのかどうか知りたいんだ。誰か、その二人の居所を突きとめようとしてるのか？」

「うんうん。ジーノは夜遅くの列車でボストンへ出かけることになっていた、トニーの店へ行ったあとでな。女房によると、出張らしい。女房はジーノがトニーの店に着いたのかどうか、列車に乗れたのかどうか知らないそうだ。女房は頭がおかしくなっている。それに、おれはコステインの女に連絡を取った。その女が言うには、コステインは夜の十二時頃にトニーの店へ向かったらしいが、その前に二、三箇所寄るつもりだったそうだ。そのあと、コステインからは何の連絡もないらしい。その女も何度も跳びはねたり、叫んだり、金切り声をあげたりしていて、二分ごとにおれに電話をかけてくる」

数分のあいだ、沈黙が流れてから、グリーンがおぼろげに結論を述べた。「忘れるなよ、ブロンディー。ルー・コステインにはこの街の選り抜きのごろつき五、六人よりも多くの敵がいるんだ、もしくは、いたんだ。マッカンに敵は一人しかいなかった。もしくは、おまえがこの事件の罪を一人に着せようとしている。コステインがトニーの店に着いたにしろ、着いていないにしろ、やつはそこへ向かっていた。まあ、ある奇妙な意味では、サラストがマッカンの命を奪いたがっていたということよりも、そのことのほうが重要に思えるがね。ケスラーの仮説に反対するようだが、もちろん……それに、例の五十ドルを忘れるなよ……」

電話がそこで切れて、電気的な雑音が続いた。

ケスラーは一分ほど受話器を大きく食いちぎりそうに見えたが、そのあと、ゆっくりと受話器を元に戻して、桁外れの嫌悪感を覚えたまま、タイプライターのほうへ体を向けた。

社会部長のヘイリーは熱心に仕事をしていて、口笛を吹かないように、やけに懸命に努めていた。ヘイリー個人としては、鬼上司としてのマッカンを憎んでいた。これからは七階の広いオーク板張りの個室に昇格して、自分の名前のうしろに編集主幹という役職を書き加えることになりそうだ。

ケスラーが電話を切ると、ヘイリーは顔をあげて、叫んだ。「何か新しい情報か？」

ケスラーは首を横に振った。「何も新しい情報はありません。ただグリーンのやつが正気をなくし始めてるだけです」

ソリー・アレンバーグは背が低くて太っていた。グリーンが通りを横切って近づいてきたとき、ソリーは四十九丁目とブロードウェイの角付近にとめた自分のタクシーの中にすわっていた。

ソリーは欠伸《あくび》を途中でやめて、顔をずんぐりしたクリスマスツリーのように輝かせた。

「ハロー、ミスター・グリーン」ソリーはしわがれ声で元気よく言った。「近頃は何をなさってますか？」

グリーンはタクシーのドアに寄りかかった。

「あちこち動きまわってるよ」と言った。「きみの調子はどうだい、ソリー？　子どもたちは元気かい？」

「元気ですよ、ミスター・グリーン、元気です。女房がこの前あなたのことを訊いたところですよ。それで、あっしは……」

グリーンは静かに話に割り込んだ。「ルー・コステインが殺害されたぞ」

ソリーの分厚い唇が徐々にあんぐりとあいた。「殺害されたって？　何の話をしてるんですかい？」

グリーンは首を縦に振った。

「コステインが今晩トニー・マスキオの店にいたとき、爆弾が爆発したんだ。コステインとジーノが……」

ソリーが言った。「さっき新聞でそのことを読みましたが、ミスター・コステインのことは何も書いてなかったですよ」

「号外が出たとき、コステインの身元をまだ確かめてなかったんだ」

グリーンの手がソリーの胸の前を横切って、料金メーターを倒した。「ちょっとドライヴに行こう」と提案した。「ただ、暖かくて、飲み物がある店でのドライヴだ」

ソリーはタクシーからよろよろと出た。二人はすべりやすい歩道を横切って、〈リアルト・バー〉にはいった。二人ともライ・ウィスキーを注文した。グリーンは大きい鏡に映ったソリーの顔を観察した。

「ルーの下で働いて、どのくらいになる？」グリーンは尋ねた。ソリーがためらったので、グリーンはすぐに続けた。「よく聞けよ。おれはルーをかなりよく知っていたし、ルーのことが好きだった。おれは誰がルーを殺したのか突きとめるつもりなので、きみに協力してほしいんだよ、きみさえ……」

ソリーはライをごくんと飲んだ。「いいですよ」と答えた。「協力します」ソリーが空《から》になったグラスをちらっと見たので、グリーンはバーテンダーに合図して、お代わりを注文した。

「あっしは厳密にはあの人の下で働いていたわけじゃないんでさあ」ソリーが続けた。「あの人は車を怖がってました。街の中で自分の車を運転するのを怖がってたんですよ。二、三年前に、あっしが腕のいい慎重なドライヴァーだという変てこな考えを抱いて、それ以後ずっとあっしのタクシーに乗ってるんでさあ。あの人がしばらくどっかへ出かけてるときとか、家へ帰って寝てるときとか、そういうときには、あっしが自由に客を拾ってもいいと言ってくれました。メーターがいくらの料金を示しても、一日につきちょっきり十ドルを払ってくれましたよ。あっしのタクシーを使わないときもあるので、それでうまくいってたんでさあ」

「今晩どこかへ乗せていったかい？」

「ええ、ええ」ソリーはライを飲んで、うなずいた。「夜の十二時少しすぎに、あの人をアパートメントの前で拾ってから、ブリーカーとトンプスン・ストリートの角まで乗せました。すると、今晩はもうあっしに用事はないと、あの人が言ったんでさあ」グリーンは自分のライを飲んで、顔をしかめ、カウンターに十ドル紙幣を置いた。

ソリーが言った。「口に合いませんか、ミスター・グリーン？」

グリーンは首を横に振って、自分のグラスを手の横で押しやって、ソリーの前でとめた。

ソリーは瞑想《めいそう》の目でそのグラスを注視した。「ええい、くそっ！」と言った。「ミスター・コステインみたいな素晴らしい人があんなふうにひどい仕打ちを受けるなんて……」そして、グラスをつかみあげた。

グリーンは煙草に火をつけた。「誰がやったんだ？」

ソリーは肩をすくめた。「あの人を嫌ってるやつはたくさんいましたよ。あの人のことを理解できなかったからね。あの人は、ええっと、とっ、とっ……」そこで言葉を切ると、ライを味わってから、もう一度口に出そうとした。「あの人はとっ……」

「突飛だった？」

ソリーは首を縦に振った。

グリーンは食い下がった。「でも、コステインを消したいほど憎んでいて、そんな度胸のあるやつは誰だい？」

ソリーはグラスのライを飲み干してから、片目をつぶり、計り知れないほど賢明に見えた。「そうですねえ、あっしに言わせれば」とすぐに言った。「そんな理由をたくさん持っていて、もしかしたらその度胸があるやつは、かなり身近にいますよ……デメトリオスというやつに会ったことはありますかい？　なんとかデメトリオスというやつに？　ギリシャ人で、背が高くて、髪の毛をてかてか光らせてる色男でね、いつも満面の笑みを浮かべてまさあ」

グリーンは首を横に振った。

ソリーは上体を近づけた。「そいつはミスター・コステインの下でボディーガード兼何でも屋みたいな仕事をしてたんですよ。ミスター・コステインはそいつのことが好きだったんですがね……」ソリーの声は耳障りな脇台詞のささやき声になった。「あっしは知ってるんでさあ。デメトリオスとコステインの女であるジューン・ニーランがこんな関係だってことをね」と二本の汚い指をくっつけた。「しかも、コステインの鼻先でね」

グリーンの両眉毛が吊りあがり、一対の逆V字になった。「コステインがそのギリシャ人を殺すいい理由にはなるが」と反駁《はんばく》した。「その逆ではないぞ」

「待ってくださいよ。あなたはわかっていない」ソリーの顔はほころびて、にやにやした笑みを浮かべた。「あっしはたまたまこのデメトリオスが二、三回後部座席でコステインを殺そうとしたことを知ってるんでさあ。ただ、それが失敗に終わり、コステインが誰の仕業なのかさえ気づかなかったんですよ。あっしはたまたま都合のいいときに都合のいい場所にいただけでね」

「きみはどうしてコステインに言わなかったんだい？」

ソリーが空《から》のグラスをじっと見つめた。

グリーンはかすかな笑みを浮かべた。「デメトリオスが口止め料を払ったのか？」

ソリーはおどおどとうなずいた。グリーンがカウンターをこんこんと拳でたたくと、バーテンダーが二人のグラスにライを注いだ。

「よくある話でさあ」ソリーが哲学的に打ち明けた。「コステインは張本人以外のみんなに異常なほど嫉妬したんですよ。それに、ナイフを持ってる張本人以外のみんなを疑ってました」

「コステインはどこに住んでたんだ？　西九十丁目のどこかだろ？」

「ええ。三百三十一番地ですよ」

グリーンが釣り銭をつかむと、ソリーは二人分のライをごくっと飲んだ。そして、二人はその店を出て、すべりやすい歩道を横切って、タクシーへ向かった。

色白の顔をした華奢な男が二人に近づいてきた。コートの襟を立てて、顔を隠すために黒いソフト帽の鍔《つば》をできるだけ目深《まぶか》におろしていた。そして、「ハロー、ソリー。ハロー、ミスター・グリーン」とくぐもった穏やかな声で言うと、オーヴァーコートのポケットから銃身の短いリヴォルヴァー銃を出して、ソリーの腹を二度撃った。ソリーはすべって、横のグリーンのほうへよろけ、二人一緒に倒れた。それで、グリーンに向けられた二発の銃弾をソリーが食らった。冷気が増幅させたために、銃声が雷鳴のように轟いた。風が角から吹き込んで、色白の男の帽子の鍔が浮きあがり、グリーンは男の顔を見た。ジュゼッペ・ピチェリ、三番座席担当の理髪師〝ジョー〟だった。

そのあと、グリーンとソリーは氷のように冷たい歩道の上で両腕と両脚がからまった塊になっていた。ピチェリはうしろを向いて、四十九丁目を東のほうへ走っていった。

西九十丁目三百三十一番地の真むかいにある三百三十二番地の下宿屋の三階では、ある男が通りに面した広くて薄明るい部屋の窓際で、じっと動かずにすわっていた。百二十五丁目駅でボストン行きの列車をおりたときに着ていたツイードのチェスターフィールド・コートとスーツのジャケットは、すでに脱いでいた。濃いピンクのシルク・シャツ姿で、かなりの詰め物をした椅子の縁にすわったまま、上体を前に傾けて、おろした窓のシェードの隙間から外をじっとのぞいていた。

ときどき喫《す》い終えた煙草の吸い殻から新しい煙草に火をつけて、腕時計をちらっと見た。その男のゆるがない不動の姿勢や完全な沈黙の監視が崩れる唯一の瞬間だった。

二時三十六分に電話が鳴った。隙間から目を離さずに、床から電話機をつかみあげて、唸った。「ああ」

一分ほど無言で相手の話を聞いてから言った。「グリーンがくたばったのなら、そいつにおまえの顔を見られたかどうかが、いったい何の問題になるんだ？……ふうん、確かじゃないのか。二人とも倒れたが、確かじゃないわけか」男の声は皮肉の色を帯びていた。「うん、確かめたほうがいいな。やり方はどうでもいい、おまえは指示を受けたんだ。どうにかして確かめてから、ここへ来い。それに、ここにはいってくるときは注意を怠《おこた》るなよ」

男は電話機を床に置いて、新しい煙草に火をつけた。

デメトリオスが言った。「おれは何も知らねえぜ」

ドイル刑事は一緒に来た警部補のほうを一瞬ちらっと見た。「へええ、おれたちはおまえが知りたいと思ったんだがな」とつぶやいた。

デメトリオスは派手な黄色のドレッシング・ガウンを体のまわりにさらに強く巻くと、ほんの少し身震いして、うなずいた。

三人は七十六丁目にあるデメトリオスの狭いアパートメントにいた。それまで、デメトリオスはベッドで眠っていた。ドイルと警部補は三、四分のあいだドアをどんどんとたたいて、やっとデメトリオスをたたき起こすことができた。

警部補は立ちあがると、体を伸ばし、大げさに欠伸をした。

誰かがドアをノックした。

ドイルがドアをあけると、グリーンがはいってきた。ドイルと警部補にうなずきかけて、頭をデメトリオスのほうへ向けた。

「おれはこの男を知らないが、少し話をしたいね」と言った。「誰か、おれをこの男に紹介してくれないか？」

デメトリオスは面白くなさそうにグリーンを見つめた。「この男はデカかよ？」

ドイルがにやりと笑い、首を横に振った。「いやいや。この男はセント・ニック・グリーンだ。いいやつだよ。知り合いになっておくべきだぞ」

デメトリオスは激怒して立ちあがった。「いってえどういう料簡《りょうけん》でこんなふうに他人の部屋へずかずかとへえってくるんだよ？」とドイルと警部補に突っかかった。

「おめえもだ。令状を持ってるのか？　おれはコスティンのことは何も知らねえし……」

ドイルは舌打ちをした。「つっつっ、なんて怒りっぽいやつなんだ！」そして、グリーンににやっと笑いかけた。「こいつのことは気にするな。おれたちが起こしたから、ごねてるんだ」

グリーンは椅子の肘かけにすわった。

「コステインと言えば」と穏やかに言った。「もう見つかったか？」ドイルのほうを向いた。「あの男はトニーの店へ行ってなくて、まだ五体満足らしいという噂だ」ほかの三人はグリーンを見た。デメトリオスと警部補はいくらかの困惑の表情を浮かべていた。ドイルはにやにやと満面の笑みを見せた。

そして、はははと笑った。「おまえは少し時代遅れだぞ、ニッキー」と声高に言った。「少し前に、ニューヨーク・セントラル鉄道の線路の百二十一丁目でコステインの死体の一部が見つかった。今度は間違いない。ポケットの中にあったたくさんの書類や所有物で身元を確認した」

警部補が言った。「それで、ここにいるコステインのお知り合いをたたき起こしたんだ。こいつが何か知ってるかもしれないと思ってね」

デメトリオスがむこうを向いて、乱暴に窓をしめた。「おれは何も知らねえぜ」と唸った。「おれはルーに言ったんだ。そんなことには関わりたくねえってな。おれは十時からずっとベッドで寝てたし、そのことを証明してくれる証人もいる。交換手を通して三本の電話がかかってきたから、おれが家にいたことを交換手は知ってるはずだ」

グリーンが穏やかに尋ねた。「どんなことに関わりたくないとルーに言ったんだ?」

「どんなことにもだよ! おれとルーとの関係は切れたんだ。ルーは先週から人が変わった。みんなが自分を裏切ろうとしてると、ルーは思っていた」

グリーンが意地悪く口をはさんだ。「たぶんそのとおりだろうよ」

ドイルが繰り返した。「何に関わりたくないんだ、デメトリオス?」

デメトリオスはすわった。「きのう、ジーノとトニーが帳簿に細工をしてるって情報がへえった。トニーの店の職人の一人がルーに連絡してきて、こう言ったんだ。組織がこの数週間のあいだに予定どおりの赤字を出すかわりに、その二人が大金を儲けてやがるとね。ルーは事業に注意を払ったことがなかった。数字には弱かったんだ。ルーは元金を出すだけで、あとはジーノとトニーを信頼して、事業の運営を任したわけだ」

警部補がつぶやいた。「まったく、もう！　どうして人を見る目がないんだろう！ジーノとトニーを信頼するなんて！」

「ルーの情報によると、ほかの二人は高飛びするつもりだったらしい」デメトリオスが続けた。「ジーノはボストンから船に乗って、キューバのハヴァナへ逃げるつもりだった。トニーは列車でフロリダへ行き、そこでジーノと落ち合うつもりだった。ジーノとトニーは二人で合計四十万ドルぐれえ持ってるらしい。ルーはそのことをおれに話し、トニーの店でその二人と今晩一時十五分すぎに会うことになってると言った。一緒についてきてほしいと頼まれたが、おれにはそうする意味がわからなかった。間抜けな行動に思えたんだ。とにかく、おれとルーの関係は切れてたし、おれは十時からベッドで寝ていた」

警部補が言い返した。「おれたちにとって、重要参考人はおまえで充分だ、デメトリオス。服を着てこい」

「あんたら間抜け野郎に協力しようとしたら、これが感謝の印かよ？」デメトリオスが泣き言をこぼした。立ちあがって、バスルームにはいった。

グリーンは立ちあがると、静かにドイルと警部補に近づき、ささやいた。「あの男を連行するな。朝に電話するから待機してろと言って、泳がせろ。あいつはきっとベッドに戻らないで、出かけるはずだ。おれたちは外で待っていればいい。あいつがどこにも行かないなら、おれはタスマニアで時計でも作ってるほうがいいだろうな」

ドイルは疑い深そうに見えたが、警部補はその考えを気に入ったようだった。

警部補が大声で言った。「忘れろ、デメトリオス。だが、朝に電話するから、外に出かけるなよ」

デメトリオスがパジャマ姿でバスルームのドア口に現われた。少し当惑しているように見えた。

「ベッドに戻ってもいいのか？」

ドイルが言った。「もちろんだ。ぐっすり眠れよ。たぶん眠ったほうがいい。とにかく、おまえがいなければ、おれたちはこの事件がどういうことなのか突きとめられないだろうからな」

デメトリオスはむっつりした顔でうなずくと、ベッドのほうへ向かい、その縁にすわった。

ドイルが「おやすみ」と唸った。そして、グリーンと警部補と一緒にそこを出た。

デメトリオスは二、三分そこに無言のまますわってから、立ちあがると、ドアのほうへ向かい、あけて、廊下の左右を見た。そして、ドアをしめ、ベッドのそばのスタンドに置いてある私用電話に近づいた。それは普段の交換台を通す共用電話のそばにあった。またベッドにすわると、スカイラー局の電話番号をダイアルして言った。

「ハロー、ハニー。よく聞いてくれ。すげえニュースが飛び込んできたんだ。ルーの死体がニューヨーク・セントラル鉄道の線路上で見つかった。アップタウンだ。ルーはトニーの店に爆発花火を置いて、ジーノをボストン行きの列車の中で見つけたんだと思う。ただ、ジーノのほうが先にルーの姿を見た……二人のデカがさっき立ち寄って、知らせてくれたんだ」

デメトリオスは小声で笑った。「もちろんだ。おれが知りてえだろうとデカたちは思ったらしい。おれがいろんな情報を教えたんで、ルーがトニーの店を爆破したことを、デカたちは知っている。あとのことはデカたちが自分たちで思いつくだろうよ。それで、よく聞くんだ。連中はたぶん外でおれを待ってるだろうが、おれは地下室を通って、こっそりと出ていく」そして、洋服ダンスの上の目覚まし時計をちらっと見た。「今は三時十五分前だ。三十分でそこの表に着くだろう。もし連中に尾行されたら、巻かねえといけねえ。身のまわりの物をバックに詰めて、すぐに出かける準備をしておくんだ。ちょっとした旅に出よう。どっか落ち着けるとこへ……いいか、ベイビー……あとでな」

電話を切ると、素早く服を着て、旅行バッグをクロゼットから出し、衣服をそこに詰め始めた。

グリーンの車はブロードウェイを渡ってむこう側の七十六丁目にとめてあった。角にある終夜営業のドラッグストアにはいり、《スター・テレグラム紙》に電話をかけて、ケスラーにつないでもらった。

ケスラーは「ハロー」とだるそうに唸ったが、グリーンの声だとわかると、態度を改めた。

「やあ、ニック！　おまえが誰かに命を狙われたと聞いたぞ」甲高い声で言った。

「大丈夫かい？」

「おれは大丈夫だ。今度会ったときにその話をしてやるよ」

「それはよかった！」ケスラーは喜んだ。「すべて順調だぞ！　おれはサラストに関する《スター・テレグラム》独占記事を書きあげたところだ。なんてすごい記事なんだ！　一時間後には新聞売場に並ぶはずだ」

グリーンが穏やかに言った。「ブロンディー、もし仕事を失いたくなくて、《スター・テレグラム》を大変な厄介事に巻き込みたくなければ、その記事をボツにしろ」

そして、ケスラーが答える前に、あとを続けた。「おれはデメトリオスのアパートメントを出たところだ。背が高くて、男前のギリシャ人で、コステインの下で働いていた。ドイルと相棒は尾行するつもりで、そいつが外に出てくるのを待っている。だが、おれはそいつがその二人を巻くだろうと思うし、そいつが行きそうなところに確信がある」

ケスラーが口をはさんだ。「でも、よく聞けよ、ニック……」

「おまえこそ、よく聞け」グリーンの声は険悪だった。「少なくとも一時間はその記事を保留にしておけ。それから、警官と一緒に西九十丁目の三百三十一番地へ急行しろ、今すぐにだ。おれはその表にいる。いなければ、階上のコステインのアパートメントにいるだろう。今すぐ、急いで来い。今晩起こった事件の一部始終がわかるクライマックスになるぞ。おまえのサラスト関連の記事なんか、求人広告に見えるだろうよ」

「でも、聞いてくれ」ケスラーは今にも泣きそうな声を出した。

グリーンは言い返した。「おまえを頼りにしてるんだぞ。急いで来い。そして、静かに来い。例の五十ドルを持ってくるのを忘れるなよ」

そして、電話を切ると、ドラッグストアを出て、自分の車に乗り込み、アムステルダム・アヴェニューで北に曲がって、八十九丁目で西へ向かった。そして、リヴァーサイド・ドライヴから曲がってすぐの九十丁目に駐車した。三百三十一番地の入口から西に約百五十フィートのところだった。

そして、煙草に火をつけて、じっとすわったまま、待った。


三百三十二番地三階の通り側の部屋にいる男は、もう煙草を喫っていなかった。ただ待っているだけだった。その目は窓のシェードの下の隙間から離れなかった。ときおり、大きい椅子の背にもたれたが、一度に数秒のあいだだけで、約十分ほどの堅苦しく疲れやすい不動の姿勢のあとだけだった。

三時四分すぎに、誰かがドアをノックした。男は立ちあがって、素早くドアをあけた。ジュゼッペ・ピチェリが中にはいった。男は窓際に戻った。

ピチェリはすわって、単調に言った。「ソリーを片づけました。グリーンは逃げました。歩道が凍っていて……」

「〝歩道が凍っていて〟か」窓際の男がゆっくりと繰り返した。「わかった。「わかった。歩道が凍っていたわけだ。二人はどのくらい一緒にいたんだ?」

「グリーンがソリーに近づきました。ソリーは自分のタクシーの中にいました。二人がバーにはいったので、あなたに電話しました。電話ブースから出て、二、三分後に二人は出てきました。おれは歩道にいる二人に近づき……」

「だが、歩道は凍っていたわけか」

窓際の男は急に体を強張《こわば》らせ、目から部屋の薄明かりを遮《さえぎ》った。シェードの隙間から十秒から十五秒ほどじっと外をのぞいてから、立ちあがり、スーツのジャケットをつかみあげて、羽織った。

「一緒に来るんだ、ジョー。いろいろと寄るところがあるからな」

そして、ツイードのチェスターフィールド・コートのポケットから青光りする大型オートマティック銃を取り出すと、スラックスと腹のあいだにはさみ込み、ヴェストの裾をその上に引きおろした。

二人の男は一緒にその部屋を出て、階段を一階までおり、その下宿屋を出て、通りを渡り、むかいの三百三十一番地へ向かった。

エレヴェーター・ボーイが大きく目を開いて、窓際にすわっていた男を見つめた。

「な、な、なんてこと、ミスター・コステイン」エレヴェーター・ボーイが口ごもった。「わ、わ、わたしが思ったのは……ミス・ニーランは気がおかしくなりそうだったんですよ。数分ごとに新聞社に電話をしたり……」

コステインは答えなかった。

二人は四階でおり、右手の通り側アパートメントのドアへ向かった。コステインはポケットから鍵束を取り出して、ドアを解錠し、あけた。二人は中にはいり、ドアをしめた。

ジューン・ニーランはやけにきれいなプラチナ・ブロンド女で、青い目はぱっちりとしていて、オレンジ色の唇はさっき口紅を塗ったばかりのように見えた。ドアのほうを向いて、コステインを見つめると、クリーム色の顔が土気色《つちけいろ》になった。

デメトリオスの手が素早く胸の前を横切ったが、ピチェリの手に銃身の短いリヴォルヴァー銃を見ると、気を変えて、両手を両脇にゆっくりとおろした。

コステインが言った。「すわれ」

ジューンはおぼつかない足取りで一番近くにあった椅子のほうへ行くと、すわった。デメトリオスはじっと立ったままだった。

コステインはデメトリオスに近づくと、手を相手のコートの内側に伸ばして、ショルダー・ホルスターから三五口径オートマティック銃を引き抜き、ピチェリに手渡した。そして、右拳を固めて、デメトリオスのあごを強く殴った。デメトリオスが少しうしろによろけると、コステインの拳で頬の皮膚が切れていた。二滴の少量の血が頬骨の下の白い皮膚から流れ落ち始めた。

コステインは拳をうしろに引いて、また前に繰り出した。今回のタイミングはさっきよりましで、拳がデメトリオスのあごを殴ったときに、びしっと柔らかな音がして、デメトリオスはうしろによろめき、壁にぶつかった。コステインはデメトリオスに詰め寄って、また右拳を振りあげた。ジューンが「やめてよ、ルー」と弱々しく言った。コステインの右拳がデメトリオスの喉元にめり込み、左拳が相手の鼻柱を折った。デメトリオスは喉を絞められたような妙な声を出し、上体が壁に沿って床にすべり落ちた。

コステインは息を切らしていて、赤らんだ粗野な顔は紫色になった。片足をうしろに引き、デメトリオスの顔を蹴った。何度も何度も強く蹴った。誰かが水中で指を鳴らすような、ぴちゃぴちゃと柔らかな音がした。デメトリオスの顔がきらめく赤黒い血で濡れた。誰かがドアをどんどんたたいた。

コステインには、その音が聞こえないようだった。片足をあげて、デメトリオスの顔を強く踏みつけた。デメトリオスの鼻や頬の骨がもみくちゃの紙のように凹んだ。

ピチェリが訴えた。「ボス、外に誰かいますぜ……」

コステインは振り向かなかった。息を切らしていた。「わかった。そのまま外にいさせてやれ。おれは忙しいんだ……」

ドアをどんどんたたく音がまた聞こえた。

ジューンはコステインとデメトリオスをぼんやりと見つめていた。突然、跳びあがって、ドアに駆け寄った。ピチェリは一瞬遅かった。ジューンが錠前を外し、ドアが大きくあくと、ニック・グリーンがドア口に立っていた。

コステインは振り向いて、スラックスの腰から大型オートマティック銃を引き抜き、二発撃った。目に見えない大きい手に肩をつかまれているかのように、ジューンはうしろを向き、その華奢な体を捻った。

グリーンはコートの袖が少しあがり、ちぎれるのを感じ、左腕の表層筋には熱い痛みを感じた。尻の少し上から拳銃を一発撃った。コステインは大げさなお辞儀をするように、ゆっくりと前に深く上体を傾けた。そして、片膝を床につき、顔をあげて、ジューンを虚ろな目で見つめた。

ジューンは両手でドアの縁をつかんでいた。目玉が突然くるっと上を向いて、体が二つ折りになった。そして、倒れた。

グリーンは部屋の中にはいった。

ピチェリは激しく身震いしていた。その顔はやけにやつれて小さく見えた。リヴォルヴァー銃が床に落ち、両手をゆっくりと挙げた。

コステインの口角が少し上に吊りあがり、ちょっとしたにやにや笑いに見えた。横に傾き、床に倒れると、右腕を伸ばし、大型オートマティック銃の銃口をデメトリオスの腹に押しつけた。

暗いドア口が急に男たちの顔でおおわれた。ドイルとケスラーと九分署の刑事二人が部屋にはいってきた。刑事の一人がピチェリとデメトリオスの拳銃を拾いあげ、もう一人がジューンのそばに屈んだ。

ドイルはグリーンの横を通って、立ったまま、コステインを見おろした。コステインは大型オートマティック銃の弾丸をすべてデトリオスの腹に撃ち込んでいた。そして、仰向けになり、頭を少しあげて、にやりとドイルに笑いかけてから、グリーンにも笑いかけた。

「なかなかうまくやっただろ」コステインがささやいた。「おれがやった最高の仕事だ……」

そして、頭を床に落とした。ドイルがコステインの横に屈んだ。

「こいつは生き延びるだろうよ。そう思う」グリーンがゆっくりと言った。「おれはこいつの脚か肩を狙って撃ったはずなんだ……」そして、やけに遠くを見るような表情を顔に浮かべて、ケスラーのほうを向いた。「なぜかわからない」

ジューンのそばに屈んでいた刑事が顔をあげた。「この娘は傷一つ負ってないぞ」ともごもごつぶやいた。「倒れるときに頭をドアにぶつけただけだ」

グリーンが言った。「気を失ったんだと思う。コステインは射撃の腕がひどいからな」

そして、オーヴァーコートとスーツのジャケットを脱いで、すわると、ドレスシャツの袖をまくりあげた。腕の傷は浅く、かすり傷だった。刑事の一人が清潔なハンカチーフを傷口に巻いて、両端を結んだ。

ケスナーはコステインを虚ろな目で見つめた。「まだわからないな」と口ごもった。「人を何回殺せると思ってるんだ？　じゃあ、誰なんだ……線路の上で見つかった死体は？」

ドイルは電話口にいた。

グリーンはケスラーに笑みを見せた。「ジーノだろう」と言った。「ジーノとトニーが組織の有り金全部を持って逃げるつもりだったって情報を、ピチェリがコステインに知らせた。コステインは時限爆弾をトニーの店先に置いてから、ボストン行きの夜行列車でジーノに追いついた。自分が殺されたように見せかけてから、このアパートメントを監視できる場所にこっそりと戻って、デメトリオスと自分のガールフレンドがよろしくやっている現場を押さえられるという妙案をたぶん考えついたんだろう」

ドイルは受話器を元に戻すと、振り向いて、話に耳を傾けた。

「コステインはたぶん一週間ほど前から、あの二人の仲を疑っていたんだろう」グリーンは続けた。「だから、デメトリオスが姿を現わすまで、ジューンに近づかなかったんだ。こいつはジーノに着せた服に自分の所持品を持たせ、ジーノを走ってくる列車の前に放り投げた。それでうまくいくのかどうか、ジーノの死体の残骸が見つかるまで、どのくらいの時間がかかるのか確かではなかったので、ピチェリに電話をかけて、調べるように指示した。ピチェリが調べると、思ったとおり、コステインの死体が見つかったという情報が広がった。そして、あとはデメトリオスが姿を現わして、ジュリーにこのニュースを伝えるまで、待てばよかったわけだ」

グリーンはまくりあげたシャツの袖をおろして、立ちあがると、コートを着た。

「ピチェリが今晩ソリー・アレンバーグを撃ったのは、ソリーがコステインをブリーカーとトンプスン・ストリートの角までタクシーに乗せたからだ。そこは、マクシー・シルマンの住んでいるところから約半ブロック離れていて、マクシーは単純で強力なパイナップル爆弾を専門に作っている。コステインは誰もソリーに近づかないように確かめたかった。ソリーがこの事件のことを少し知りすぎていたからだ。コステインはたぶんピチェリにソリーを見張らせたんだろう。おれの見当では、ピチェリがコステインに電話したとき、おれとソリーが一緒にバーにいて、おれがあの爆発のあとトニーの店近くにいたことを話したんだろう。それで、コステインはおれとソリーを片づけろとピチェリに命じたんだ」

グリーンはピチェリを見ていた。ピチェリはほんの少しうなずいた。

ケスラーは驚くほど元気になっていた。急に電話機のほうへ駆け寄った。

グリーンが言った。「ちょっと待て、ブロンディー。大事な電話をかけるところが二箇所ほどある」

そして、電話機に近寄って、すわると、救急病院に電話をかけ、ソリー・アレンバーグの容体について尋ねた。一分ほど待ってから、首を横に振って、ささやいた。「とても残念です」そのあと、受話器を元に戻すと、ケスラーを見た。「今のうちに例の五十ドルをいただいておこうか」とやさしく言った。

〈解説〉ハードボイルド小説ファンが死ぬまでに読んでおくべき一冊

木村仁良（ミステリー研究家）

どうですか？　読んだばかりのポール・ケインの短編集は？　ストーリーが複雑なのに、文章があまりにも簡潔すぎるので、面食らったって？　そうだよねえ。のっけから挑戦的で仰々しい解説タイトルで読者の方々を驚かしたかもしれないが、まずハードボイルド小説とポール・ケインとの関連性から述べてみよう。

本書の解説子兼翻訳者もハードボイルド小説ファンの一人だが、一九八五年に国書刊行会刊の『ブラック・マスクの世界』全集の準備をするために、監修者の小鷹信光氏と一緒にアメリカ西海岸へ行き、ウィリアム・F・ノーラン（最高のハードボイルド小説専門誌として有名だった《ブラック・マスク》の作品集 *The Black Mask Boys* の編纂者、『ダシール・ハメット伝』（小鷹信光訳、晶文社）の著者）やジョー・ゴアズ（ダシール・ハメットを主人公にした小説『ハメット』（稲葉明雄訳、ハヤカワ・ミステリ文庫）の著者、元私立探偵）、ビル・プロンジーニ（パルプ・マガジン収集家、名無しの探偵ものの作者）にインタヴューをして、〝ハードボイルド〟という言葉について尋ねたとき、三人とも異口同音にポール・ケインが一番ハードボイルドだと答えた。レイモンド・チャンドラーでさえ、ケインが〝ウルトラ・ハードボイルド文体のある種の頂点に達した〟とまで褒め称えたほどだ。プロンジーニはケインをハードボイルド作家の中でもっともハードと呼んだ。ここでの〝ハード〟は〝非情な〟という意味だろう。

ここで解説子の言う〝ハードボイルド〟文体とは、けっして〝一人称の私立探偵小説〟だけではない。アメリカ本国の専門家たちの定義を踏まえた上での定義を述べる。〝ハードボイルドな〟文体と〝ハードボイルドな〟人物（性別は無関係）は似ているが、区別したほうが理解しやすい。主人公は私立探偵とは限らない（殺し屋でも強盗でも警官でも記者でもいい）。人称は一人称一視点でも、三人称多視点でも構わないが（むしろ三人称叙述のほうがハードボイルド文体が書きやすい）、ストーリーが登場人物の言動だけで進行し、人物の主観的な心理描写はほとんどなく、客観的な言動や表情で心の内を暗示する（これはモノローグがなく、視覚的で聴覚的な演劇、映画、そして客観的に見た現実世界に近い）。ねっ、意外と簡単でしょ？　大雑把に言うと、ハードボイルド文体は別にミステリー小説だけに限らないわけだ。

遅まきながら、ここで本書の原題 *Seven Slayers* について説明してみよう。七編の中短編が収録されているが、「七人の殺害者」という意味ではない。この slay は「すごく楽しませる」とか「圧倒する」という意味なので、*Seven Slayers* は「圧倒させられるほど優れた七つの作品」というような意味になる。直訳のタイトルでは圧倒させられることはないから、いちおう「七つの裏切り」というタイトルを提案した。

もともとはケインが三二年から三六年のあいだに《ブラック・マスク》に発表した七編の中短編を収録したもので、四六年にセイント・エンタープライジズがダイジェスト判（《リーダーズ・ダイジェスト》誌のサイズ）で刊行した。出版元のセイント・エンタープライジズは、義賊サイモン・テンプラーこと、ザ・セイントの創造者レスリー・チャータリスが当時カリフォーニア州ハリウッドに構えていた小規模出版社だった（次頁に書影あり）。

四六年当時、《ブラック・マスク》編集長をすでにやめていたジョーゼフ・ショーは（息子のミルトンが二〇一九年に発表した伝記 *Joseph T. Shaw: The Man Behind*

Black Mask によれば、発行元と意見が合わず、自分で辞表を出したという）文芸代理店を構えていた。そして、《ブラック・マスク》時代に育てていたケインと一緒に掲載作品から七編を厳選して、セイント・エンタープライジズに売り込んだのだ。

八七年にブラック・リザード・ブックスからこの短編集の原書がペイパーバックで再刊されたとき、この解説子はもちろん新品で購入したが、すぐには読まなかった。二〇一〇年前半に歯医者の待合室で呼んだという覚えはあるが、活字を目で追っていただけだというほうが正確だろう。場面転換が突然すぎたりして、ストーリーが追いにくくて、内容を覚えていなかったのだ。

そして、二〇一二年にセンティピード・プレスから *The Complete Slayers* というポール・ケインの作品すべてを収録した五〇〇部限定版が刊行されると聞いたので、六十ドルほどしたその限定版をとにかく買ってみた。編纂者はマックス・アラン・コリンズ（探偵ネイト・ヘラーものや、ミッキー・スピレインのあとを引き継いで、マイク・ハマーものを執筆している後継者）とリン・F・マイヤーズ・ジュニア（リンという名前は女性に多いが、この共同編纂者は男性である。コリンズがスピレインなどのハードボイルド関連書籍の編纂をするときに、共同作業をすることが多い。よく似た名前のペイパーバック研究家リン・マンロウともう少しで混同して赤っ恥をかくところだった）。

この翻訳者は、活字の大きい二〇一三年刊ブラック・カーテン・プレス版をテキストにしたが、明らかに誤字だと思われる箇所は、センティピード・プレス版と照合して、確認・訂正した。

まず、本書の収録作品について簡潔に説明しよう。全七編の時代設定は、アメリカで一九二〇年から一九三三年十二月まで続いた禁酒法時代で、酒類の製造・輸入・運搬・販売を禁止したものだ（なぜか購入は合法）。《アンタッチャブル》というタイトルのTV番組（一九五九～一九六三）と一九八七年公開の劇場映画の時代を想像していただきたい。

その時代の乗用車には、左右ドアのすぐ手前に一段のステップがついていたし、家庭電話機のほとんどは直立型で、逆円錐型の受話器と送話器がついていた。たいていのアパートメントの建物に交換嬢がいて、建物内の内線に取りつないでいたような時代であった。

　第一話の「名前はブラック」は、著作リストを見てもわかるとおり、ケインの唯一の長編『裏切りの街』の《ブラック・マスク》分載第二回と第三回のあいだに掲載された。ケインが長編の執筆と同時に、この短編を書いていたかどうかは不明（書きためたものをショー編集長の提案でダシール・ハメットの文体を模範にして書き直したものかもしれない）。一人称の主人公のブラックのファーストネームは不明だし、正体も不明。ギャングスターなのか、厄介事処理屋なのかも不明だが、ケインは主人公の人物描写よりもストーリー自体とその文体に気をつけていた。

　第二話の「〝71〟クラブ」は、『裏切りの街』分載第五回（最終回）のあとに《ブラック・マスク》に掲載された。舞台はニューヨークで、東五十＊丁目七十一番地（おそらくマディスンとパーク・アヴェニューのあいだ）にあるそのクラブのモデルは禁酒法時代にニューヨークの有名な闇酒場だった〈〝21〟クラブ〉だろう。西五十二丁目二十一番地（フィフスとシクスス・アヴェニューのあいだ）にあり、今は有名人たちが集まる高級レストランとして営業を続けている。

第三話の「パーラー・トリック」は、じつは第二話より前に《ブラック・マスク》に掲載されたのである。発表順序が逆になったのには理由があるはずだが、ネタバレになるので、この解説子の推測はお教えできない。ケインは長編『裏切りの街』のジエリー・ケルズ以外に、シリーズ・キャラクターらしき主要人物を創り出していないが、レッド（姓が不明で、正体も不明）と名乗る謎の人物が《ブラック・マスク》三四年四月号掲載の「Trouble-Chaser」にも登場する。この男も〝厄介事処理人〟のような仕事をするし、ニューヨークからロスアンジェルスに移住してきたと記してあるから、同じ人物だと考える研究者もいる。

第四話の「ワン、ツー、スリー」の一人称主人公はたぶん保険調査員に近い私立探偵だろうが、氏名は不明。タイトルは、一九〇〇年代のシカゴ・カブズで活躍した三人の内野手が鮮やかな連繋プレイで相手チームを苦しめたことから、淀みなく、なめらかな動作を意味する。

第五話の「青の殺人」は《ブラック・マスク》掲載時に Murder Done in Blue と

いうタイトルだったが、本書収録時に Murder in Blue になった。タイトルは〝青い陶製浴槽での殺人〟のこと。殺人被害者の一人が「メイジー・デッカー。職業ダンサー……」（二六四頁）とあるが、ここの〝職業ダンサー〟とは当時の〝タクシー・ダンサー〟のことで、当時の〝ダンス・スタジオ〟に勤務し、ダンス相手のいない男性からダンス券を受け取って、一曲一緒に踊るという職業だ。六九年公開の映画《スイート・チャリティ》でシャーリー・マクレーンが演じていたチャリティがタクシー・ダンサーだった。一九三〇年にロジャーズ＆ハートの作った曲に《テン・センツ・ア・ダンス》というのがあり、当時は一曲十セントだったようだ。そして、女優エルマ・ダーモンドが蓄音機で聞く《ミニー・ザ・ムーチャー》は三一年にジャズ・バンドのリーダーであるキャブ・キャロウェイが作ったヒット曲で、一九八〇年公開の《ブルース・ブラザース》でもキャロウェイが踊りながら歌っていた。内容は教育上よろしくないので、ここでは説明を控える。

第六話の「鳩の血」は、キャサリン・ハナンが盗まれたルビーのアクセサリー・セットの色だ。ルビーの色の中で最高の色とされる黒みがかった深い赤色である。二三一頁で、「キャサリンはルビーのアクセサリー・セットを持ってました。ピジョン・

ブラッド、鳩の血というやつで……」と夫のハナンが状況を説明するが、原文ではただ〝ルビーのセット〟となっていて、翻訳者がより頭に描きやすいように勝手に〝アクセサリー〟を書き加えたのだ。調べてみると、〝ルビーのアクセサリー・セット〟(ルビーのネックレスと一対のイヤリング)という言葉があり、これでやっと視覚化できたという。

第七話の「パイナップルが爆発」の原題 Pineapple だけだと、ケインの文体より簡潔すぎるので、読者の興味を引きそうなタイトルに勝手に変えた。ここでの〝パイナップル〟とは果物ではなく、爆弾のことである。手榴弾の外観がパイナップルのそれに似ているからだろうが、本編に出てくる時限爆弾やダイナマイトなど爆弾全般を含む。後出の著作リストにも記したように、三九年公開の映画 *Twelve Crowded Hours* は、この短編を中途半端に原作にした映画で、主人公の新聞記者の名前がニック・グリーンになっている。本編のニックは役者とかギャンブラーとか私立探偵だったことがあり、「……サンタクロース役を務めた」(二八〇頁)とあるが、サンタクロースは〝セント・ニコラス〟という聖人の名前が訛ったもので、〝セント・ニック〟と呼ばれることもある。

さて、本書と長編『裏切りの街』の著者であるポール・ケインの略歴を簡潔に記しておこう。ポール・ケインは小説家としての筆名で、ピーター・ルーリックは映画業界で（とくに脚本家として）の職業名である。

ケインはジョージ・キャロル・シムズとして、一九〇二年五月三十日にアイオワ州デモインで生まれた。父親のウィリアム・ダウ・シムズは製薬会社の管理職だったが、ウィリアムの父親ジョージ（ケインの祖父）がデモイン警察の刑事部長だったこともあって、一時はデモイン警察の刑事になったが、結局、薬剤師やセールスマンの仕事に戻った。

〇八年に両親が離婚したときに、ケインは母親エヴァと一緒にシカゴの治安の悪い地区に住んでいたが、一八年にカリフォーニアに行くと、映画業界に興味を持ち、製作助手になったり、クレジットなしの脚本家として働いた。三〇年代前半にはニューヨークへ行って、小説を書き始め、アルコール依存症の舞台女優ガートルード・マイクルと出会った。

これはあくまで解説子の推測だが、たぶん、そのときに、ニューヨークにあった版元の《ブラック・マスク》編集長のショーに連絡を取ったものと考えられる。ショーはちょうどダシール・ハメットの後継者を捜していたので（三〇年十一月号掲載の「死の会社」（小鷹信光訳『コンチネンタル・オプの事件簿』ハヤカワ・ミステリ文庫）が《ブラック・マスク》最後の発表作品）、ケインにハメット風の文体を書くように勧めた。それで、ケインはスタッカートのような簡潔な文章を書くようになったのだ。ケインの作品が初めて《ブラック・マスク》に掲載されたのは三二年三月号の「罠」（『裏切りの街』分載第一回）である。『裏切りの街』に登場する謎の女グランキストは、ガートルードがモデルと考えられている。

三二年にガートルードと一緒にカリフォーニアへ戻った。ガートルードはまもなく主役級の女優になり、《絢爛たる殺人》や《美人探し》などに主演したが、アルコール依存症のせいで主演の仕事が減り始めた（詳しくはＩＭＤｂを参照してほしい）。ケインの連載小説『裏切りの街』は《ブラック・マスク》三二年九月号で終わり、三三年にダブルデイ社からハードカヴァーで単行本が刊行され、同年に《海の密室》というタイトルで原作にほとんど基づかない映画になった。

ケインはピーター・ルーリック名義で脚色、脚本、台詞補綴の仕事をハリウッドで得るようになるが、三六年にショーが編集長をやめると、ケインやレイモンド・チャンドラーが《ブラック・マスク》には寄稿しなくなった。三八年には第二次大戦が始まりそうなので、イギリスに住んでいたケインはアメリカに戻って、ハリウッドで脚本の仕事をしたが、そのあとの消息はスペインのマジョルカ島や北アフリカなどの外国を渡り歩いたという噂があるだけで、不確かである。

私生活では、三九年にナイトクラブの煙草売り嬢ミュシェルと結婚するが、四三年に離婚した。そのあと二度か三度結婚して（相手の名前は不明）、息子を二人（ピーターとマイクル）を儲けた。とにかく、ケインの晩年については不明なことが多すぎるのだ。

そして、アイオワ出身のジョージ・C・シムズは一九六六年六月二十三日にカリフォーニア州ノース・ハリウッドの安いアパートメントで癌のためにひっそりと死亡した。六十四歳だった。

しかし、ハードボイルド作家のポール・ケインのほうはまだ生きている。

ケインの簡潔なハードボイルド文体とは対照的に冗長な巻末解説を読んでくださっ

た方々には感謝する。そして、本書自体を最後まで読んでくださった方々にはもっと感謝する。ケインの簡潔な文章を読んだという事実だけで、ほかのハードボイルド小説ファンたちには自慢できるはずだ。まだ読めていないという方々は、五年後、十年後……死ぬまでに読んでくださると幸いである。今すぐ購入していただくほうが得策だろう（半分本気である）。

ありがとう。

二〇二二年十一月

《ポール・ケイン著作リスト》

雑誌掲載短編（※は本書収録作品）

1　Fast One（Black Mask 1932-03）
「罠」『ブラック・マスクの世界1』（国書刊行会、一九八六年刊。長編『裏切りの街』分載第一回）

2　Lead Party（Black Mask 1932-04）
「弾丸の宴」『ブラック・マスクの世界2』（国書刊行会、一九八六年刊。長編『裏切りの街』分載第二回）

※3　Black（Black Mask 1932-05）
「名前はブラック」（初訳）

4　Velvet（Black Mask 1932-06）

「七十セント」『ブラック・マスクの世界3』(国書刊行会、一九八六年刊。長編『裏切りの街』分載第三回)
※5　Parlor Trick (Black Mask 1932-07)
「パーラー・トリック」(新訳)［初訳：『ミステリマガジン』一九七七年五月号］
6　The Heat (Black Mask 1932-08)
「白熱」(村田勝彦の新訳、改題)『ブラック・マスクの世界4』(国書刊行会、一九八六年刊。長編『裏切りの街』分載第四回)［初訳：「熱」『ミステリマガジン』一九六三年六月号］
7　The Dark (Black Mask 19320-09)
「闇」『ブラック・マスクの世界5』(国書刊行会、一九八六年刊。長編『裏切りの街』分載第五回で最終回)
※8　Red 71 (Black Mask 1932-12)
「〝71〟クラブ」(新訳、改題)［初訳：「クラブ〈レッド71〉」『ハードボイルド・ミステリイ・マガジン』一九六三年九月号］
※9　One, Two, Three (Black Mask 1933-05)

「ワン、ツー、スリー」（初訳）
※10 Murder in Blue［原題：Murder Done in Blue（Black Mask 1933-06）］
「青の殺人」（新訳）［初訳：『ミステリマガジン』一九七二年十一月号］
※11 Pigeon Blood（Black Mask 1933-11）
「鳩の血」（初訳）
12 Hunch（Black Mask 1934-03）
13 Trouble-Chaser（Black Mask 1934-04）
14 Chinaman's Chance（Black Mask 1935-09）
15 "555"（Detective Fiction Weekly 1935-12-14）
16 Death Song（Black Mask 1936-01）
※17 Pineapple（Black Mask 1936-03）
「パイナップルが爆発」（新訳、改題）［初訳：「爆弾の夜」『ブラック・マスクの世界
／別巻』国書刊行会、一九八七年刊］
18 Sockdolager（Star Detective Magazine 1936-04）
19 Dutch Treat（Black Mask 1936-12）

20 The Tasting Machine [Part 1 & 2]（ピーター・ルーリック名義）("Gourmet" Magazine 1949-11 & 1949-12) ノンミステリー
[新訳＝他者の翻訳があるものを新たに訳したもの。]

単行本

Fast One（Doubleday, 1933）『裏切りの街』（河出文庫、一九八九年）村田勝彦訳
一九三二年に《ブラック・マスク》に五回分載された唯一の長編
Seven Slayers（Saint Enterprises, 1946; Avon Books,1950; Black Lizard, 1987）『七つの裏切り』短編集　本書
The Complete Slayers（Centipede Press, 2012）マックス・アラン・コリンズとリン・F・マイヤーズ・ジュニア共編でケインの長編『裏切りの街』と右記の短編すべてを収録した全集　五百部限定版のみ

映画脚本・原案リスト（ほとんどがピーター・ルーリック名義）
1 *Gambling Ship*（1933）《海の密室》監督：ルイス・J・ギャスニアー&マック

ス・マーシン、原案：ピーター・ルーリック（原作：ポール・ケインの『裏切りの街』、ケイリー・グラント扮する主人公エース・コービンがジェリー・ケルズに相当）脚色：クロード・ビニオン、脚本：マックス・マーシン&シートン・I・ミラー

2 *Affairs of a Gentleman*（1934）監督：エドウィン・L・マリン、原作：イーディス・エリス&エドワード・エリス、脚本：ピーター・ルーリック&シリル・ヒューム&ミルトン・クリムズ

3 *The Black Cat*（1934）《黒猫》監督：エドガー・G・アルマー、原作：エドガー・アラン・ポーの同名短編、脚本：ピーター・ルーリック、出演：ボリス・カーロフ&ベラ・ルゴシ

4 *Jericho*（1937）監督：ソーントン・フリーランド、原案：ウォルター・フッター&ジョージ・バロー、脚色：ロバート・N・リー&ピーター・ルーリック、出演：ポール・ロブソン

5 *Twelve Crowded Hours*（1939）監督：ルー・ランダーズ、原案：ピーター・ルーリック&ギャレット・フォート、脚本：ジョン・ツイスト、原作：ケインの短編「パイナップルが爆発」、主演リチャード・ディックスの配役名がニック・グリーン

（新聞記者）で、ルシール・ボールも出演

6　*The Night of January 16th*（1941）監督：ウィリアム・クレメンズ、原作：アイン・ランドの戯曲『一月十六日の夜に』、脚本：デルマー・デイヴズ&ロバート・ピロッシュ&イーヴ・グリーン、脚本補足：ピーター・ルーリック

7　*Grand Central Murder*（1944）監督：S・シルヴァン・サイモン、原作：スー・マクヴェイの同名長編小説、脚本：ピーター・ルーリック

8　*Mademoiselle Fifi*（1944）《ナチスに挑んだ女》監督：ロバート・ワイズ、原作：ギ・ド・モーパッサンの短編「マドモワゼル・フィフィ」と「脂肪の塊」、脚本：ジョーゼフ・ミシェル&ピーター・ルーリック

9　*Alias a Gentleman*（1948）監督：ハリー・ボーモント、原案：ピーター・ルーリック（未発表の短編小説 Sir Smith）、脚本、ウィリアム・R・リップマン

◉訳者紹介　**木村二郎**（きむら じろう）
1949年生まれ。ペイス大学社会学部卒。82年にマルタの鷹協会日本支部を創設。ハードボイルド小説をはじめとするミステリーの翻訳、創作、評論(木村仁良名義)で活動。訳書に、ウェストレイク『ギャンブラーが多すぎる』(新潮文庫)他。著書に『逃亡者と古傷』(扶桑社電子版&POD版)他。評論に『おれって本当にハードボイルド探偵なの？』(扶桑社電子版&POD版)他。

七つの裏切り

発行日　2022年12月30日　初版第1刷発行

著　者　ポール・ケイン
訳　者　木村二郎

発行者　小池英彦
発行所　株式会社 扶桑社
〒105-8070
東京都港区芝浦1-1-1　浜松町ビルディング
電話　03-6368-8870(編集)
03-6368-8891(郵便室)
www.fusosha.co.jp

印刷・製本　株式会社広済堂ネクスト

ISBN 978-4-594-09088-3　C0197